대제의 꿈을 노래하라

도서출판 내인생의책은 한 권의 책을 만들 때마다
우리 아이들이 나중에 자라 도서출판 내인생의책에서 나온 책이
내 인생의 책이라고 말할 수 있는 책을 만들고자 합니다.

대지여 꿈을 노래하라 ❶

밀드레드 테일러 지음 | 위문숙 옮김

초판 인쇄일 2008년 5월 27일 | 초판 발행일 2008년 5월 31일
펴낸이 조기룡 | 펴낸곳 도서출판 내인생의책 | 등록번호 제10-2315호
주소 서울시 마포구 합정동 373-3 3층 (우)121-884
전화 (02)335-0449 | 335-0445(편집) | 팩스 (02)335-6932
E-mail bookinmylife@naver.com | 홈 카페 http://cafe.daum.net/calvin68
편집 김정옥 | 디자인 인디자인
제판·출력 교보 P&B | 인쇄 대덕문화사 | 제본 신안제책

ⓒ 밀드레드 테일러 2008 | ⓒ 위문숙 2008

이 책 내용의 일부 또는 전부를 사용하려면 반드시 저작권자와
도서출판 내인생의책의 서면 동의를 받아야 합니다.
책값은 뒤표지에 있습니다.
잘못된 책은 구입처에서 바꾸어 드립니다.

ISBN 978-89-91813-23-6 03840
      978-89-91813-22-9 (세트)

THE LAND

by Mildred D. Taylor
Copyright ⓒ 2001
All rights reserved including the right of reproduction in whole or in part in any form.
This edition published by arrangement with Dial Books for Young Readers, a division of Penguin
Young Readers Group, a member of Penguin Group(USA) Inc.

Korean translation copyright ⓒ 2006 by TheBookinMyLife PUBLISHING CO.
Korean translation rights arranged with Dial Books for Young Readers, a division of Penguin Young
Readers Group, a member of Penguin Group(USA) Inc.
through EYA(Eric Yang Agency).

이 책의 한국어판 저작권은 EYA(Eric Yang Agency)를 통한 Dial Books for Young Readers, a division of
Penguin Young Readers Group, a member of Penguin Group(USA) Inc.사와의 독점계약으로 한국어 판권을
내인생의책이 소유합니다. 저작권법에 의하여 한국 내에서 보호를 받는 저작물이므로 무단전재와 복제를 금합니다.

돌멩이 청소년문고 ❷

대지여 꿈을 노래하라

①

밀드레드 테일러 지음 · 위문숙 옮김

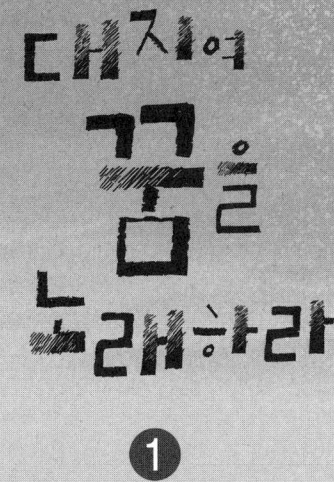

내인생의책

우리 가족과 과거와 현재와 미래
그리고
타고난 이야기꾼인 사랑하는 아버지를 기리며!

아버지의 이야기가 없다면 내 이야기도 없었다.

감사의 글

7년 전, 이 원고를 써가던 무렵에 삼촌 두 분이 우리 집에 오셨다. 나는 아침 식사를 준비했고, 삼촌들과 다른 가족은 부엌에 모여서 여느 때와 마찬가지로 이야기꽃을 피웠다. 유쾌한 이야기가 오갔는데 주로 아버지와 삼촌들과 고모들이 미시시피 고향 땅에 살면서 겪은 일이었다. 대화는 조부모님과 종조부님으로 이어졌고 증조부모님까지 넘어갔다. 이미 수차례 들었지만 여전히 생생하고 경이로워서, 녹음기에 그 이야기들을 담았다. 삼촌들이 주고받는 대화 속에는 이 원고를 마무리 지을 만한 내용들이 무궁무진했다.

예전에도 삼촌들은 나에게 도움을 주곤 했다.

나는 글을 쓰기 시작하면 늘 아버지에게 가서 가족에 얽힌 이야기를 들었다. 1976년 아버지가 돌아가시자 제임스 테일러 삼촌과 유진 테일러 삼촌이 도움을 주셨는데, 아버지가 그랬듯이 두 분은 나에게 필요한 이야깃거리를 끊임없이 전해주셨다. 지금 이 자리에 나를 세우고 그렇게 많은 책을 쓰도록 도와주신 두 분에게 그저 감사할 따름이다.

그밖에도, 《대지여 꿈을 노래하라》의 자료 조사 중 떠오른 내 질문에 대해 잔 라이낙 씨와 린다 브라운 여사와 키스 브라운 씨가 수고를 아끼지 않고 답해주었다. 시간을 내주고 관심을 보여준 그분들에게 깊은 감사를 드린다. 또한 《대지여 꿈을 노래하라》를 쓰는 기나긴 기간 동안 나에게 용기를 주고 오직 글쓰기에 몰두하도록 몇 번씩이나 긴 시간 동안 아이를 돌봐준 가족과 친구들의 고마움을 잊을 수 없다.

  마지막으로 25년 이상 내 책을 편집하고 출간해온 필리스 포글먼 여사에게 감사의 말을 전한다. 내 글과 마음속 이야기를 신뢰해주는 필리스 덕분에 나는 앞으로 나아갔다. 글쓰기가 힘들어서 책을 중단하고 싶을 때에도 필리스는 《대지여 꿈을 노래하라》야 말로 나밖에 쓸 수 없는 이야기라고 가만가만 설득하며 의지를 북돋아 주었다. 3년이 흐르고 나서야 이야기를 완성할 수 있었다. 필리스는 만족하지 않았다. 필리스는 이야기가 훌륭하지만 그 이상도 가능하다고 격려했다. 다시 4년이 지났고 이제 그 사실을 인정한다. 고마워요! 필리스!

독자에게 전하는 글

　제 책들은 우리 가족이 들려준 이야기와 미국 역사에 바탕을 두었습니다. 글을 쓰면서 가족의 이야기와 역사에 진실하고자 노력했습니다. 민권운동(편집자 주 : 1960년대에 본격화된 주로 유색인의 기본권을 보장하는 사회운동)이 발생하기 전, 미국의 여러 지역에 존재했던 인물과 사건과 언어를 고스란히 담아내고자 했지요. 때로는 끔찍한 내용 때문에 제 책이 금서가 되기도 했지만 그럼에도 그 당시의 언어를 굳이 선택하는 이유는 겉으로 포장된 역사를 원치 않기 때문입니다. 실제로 수많은 유색인 미국인이 겪은 수모와 삶은 끔찍했으며, 제 가족도 예외는 아니었습니다.
　저는 그 고통을 기억합니다.

첫 번째 책인 《나무의 노래(원제 : Song of Tree)》를 쓸 때부터, 독자들이 제 가족사나 마찬가지인 로건 가족의 이야기 속으로 걸어 들어가 직접 부딪히기를 소망했습니다. 즉 로건 가족과 그들의 고통을 직시함으로써 수백만의 유색인 가족이 겪었던 일을 더 자세히 이해하고, 아울러 미국을 변화시킨 운동, 즉 민권 운동이 왜 존재했는지 확실히 깨닫는 계기가 되었으면 합니다.

Mildred D. Taylor

로건 가계도

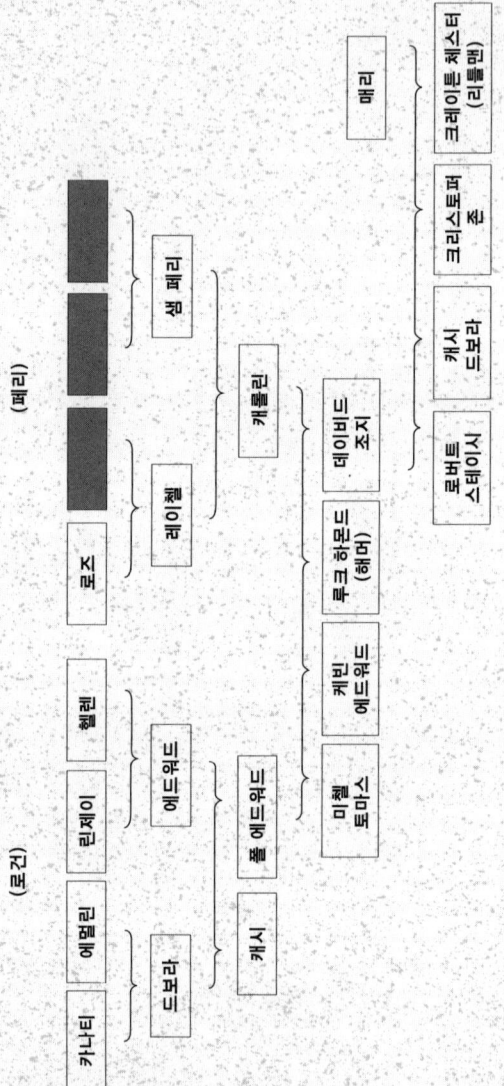

차례

⟨제1권⟩
제1부 : 유년 시절

미첼 · 18

종마 · 39

가족 · 63

배신 · 108

동부 텍사스 · 140

⟨제2권⟩
제2부 : 청년 시절

대지 · 8

캐롤린 · 55

거래 · 128

약속 · 199

가족 · 248

제3부 : 유산

에필로그 · 322

등장인물

- 폴 로건 : 이 글의 주인공. 인디언계 유색인인 어머니(드보라)와 백인 아버지(에드워드 로건) 사이에 태어난 유색인인데, 피부색이 백인처럼 희어 종종 백인으로 오인 받는다. 《천둥아, 내 외침을 들어라》의 주인공인 캐시 로건에게는 할아버지가 된다.
- 에드워드 로건 : 폴의 아버지로 지주다. 유색인인 폴을 자신의 다른 백인 아들과 똑같이 교육시키는 합리적 사고를 지녔지만 사회적 편견과 관습을 완전히 극복하지 못한 나머지 폴에게 상처를 준다.
- 드보라 : 폴의 어머니로 인디언 아버지와 유색인 어머니 사이에서 태어났다. 에드워드 로건의 노예로 지내다가 폴과 캐시를 낳았다.
- 미첼 토머스 : 폴과 한동네에서 나고 자란 유색인. 폴이 백인 아버지를 두었다는 이유로 폴을 못살게 괴롭힌다. 그렇게 어린 시절에는 폴과 증오의 관계였으나 곧 이해와 우정의 단계를 거쳐 마침내 끈끈한 형제애를 보여주는 사이로 발전한다.
- 로버트 로건 : 폴과 동갑내기 백인 형제. 자라면서 로버트는 백인 사회에 편입되고, 나중에는 자신의 백인 친구 앞에서 폴을 배신한다.
- 하몬드 로건 : 에드워드 로건의 백인 아들 셋 중에서 가장 많이, 자신의 어머니를 마음 고생시킨 폴의 어머니와 이복형제들을 미워하지만

나중에는 이해하고 수용한다.
- **조지 로건** : 에드워드 로건의 두 번째 백인 아들로 성격이 급하고 다혈질이지만 의리파다.
- **캐시 로건** : 폴의 누나. 폴과 마찬가지로 백인과 유색인 세계 중에서 어느 곳에도 들어가지 못하고 방황하다가 하워드를 만나 결혼하고 정착한다.
- **하워드 밀하우스** : 방황하던 캐시의 마음을 붙잡고 결혼한다.
- **윌리 토머스** : 미첼의 아버지로 에드워드 로건의 마구간에서 말을 돌본다.
- **캐롤린 페리** : 강인하고 솔직한 성격을 지닌 유색인 여성. 사랑을 느낀 폴이 결혼까지 생각했으나 미첼과 결혼한다.
- **샘 페리** : 캐롤린의 아버지다. 가족을 사랑하며 가축을 돌보는 능력이 탁월하다.
- **레이첼 페리** : 캐롤린의 어머니.
- **카나티** : 폴의 외할아버지인 인디언. 백인에게 자신이 살던 땅을 넘겨주고 멀리 떠난다.
- **웨이벌리 아이들** : 크리스티안, 퍼시, 잭. 폴과 비슷한 또래의 백인 아

이들로 폴을 무시하고 경멸한다. 나중에 로버트와 친해지면서 폴에게 아픈 기억을 남긴다.
- **네이던** : 페리의 아들이자 캐롤린의 남동생. 폴에게 가구제작을 배우며 삼림지에서 폴의 일을 돕는다.
- **휴** : 페리의 장남으로 폴의 삼림지에 와서 잠깐 일을 돕는다.
- **리슨** : 페리의 장녀
- **캘리** : 캐롤린의 언니이자 페리의 딸.
- **레이 서클리프** : 텍사스에서 폴에게 자신의 말의 기수가 되어줄 것을 부탁한 백인이자 폴의 가출을 유발한다.
- **크렌쇼 부인** : 텍사스에서 폴과 미첼이 백인의 추격을 피해 달아날 때 도움을 준 백인 부인.
- **조시아 핀터** : 미시시피 주로 오기 전에 폴에게 가구제작을 가르쳐준 백인.
- **제서프** : 벌목장의 백인 감독. 폴이 백인처럼 행동한다며 몹시 미워한다.
- **루크 소여** : 미시시피의 빅스벅그에 있는 상점 주인. 공정하고 장사 수완이 뛰어난 백인.

- **톰 비** : 미첼과 벌목장에서 함께 일하던 유색인. 미첼의 부탁으로 삼림지로 와서 벌목을 도와준다.
- **존 웰러스** : 물에 빠진 자신을 구해준 톰비에게 항상 감사의 마음을 가진 백인이다. 톰 비와 함께 폴의 삼림지에서 일한다.
- **디거 웰러스** : 존 웰러스의 형으로 술주정뱅이에 무능력자다.
- **필모어 그레인저** : 백인 지주로 폴에게 16만 제곱미터에 걸친 나무들을 2년 안에 벌목해주면 땅을 넘기겠다고 제안한다.
- **비알 틸만** : 백인 은행가. 폴이 가구를 만들어준 인연으로 알게 되었으나 유색인을 무시한다.
- **티제이 홀렌벡** : 폴이 마음에 들어 하는 땅을 소유한 백인 지주.
- **찰스 제미슨** : 백인 법률가. 공정하고 정의로우며 유색인을 차별하지 않는 편이다.
- **웨이드 제미슨** : 찰스 제미슨의 아들로 네이던과 친구가 된다. 비록 나이는 어리지만 생각이 깊고 유색인에 대한 편견이 없다.

유년시절

미첼

나는 아버지를 사랑했다. 그리고 우리 형제를 사랑했다. 그러나 세월이 흐르자 미첼 토머스와 형제처럼 진한 우정을 나누게 되었고, 그렇게 맺은 인연은 쉽게 끊어지지 않았다. 함께 동부 텍사스를 거쳐 미시시피로 건너 올 무렵, 우리는 철부지 소년에 불과했지만 훨씬 어린 시절부터 서로 이해해 주던 사이였다. 고향인 조지아를 떠나, 낯설기만 한 이곳 미시시피로 온 다음부터, 나와 미첼은 서로를 지켜주고 가족처럼 보듬어 주는 듬직한 존재가 되었다.

하지만 원래부터 단짝친구는 아니었다.

처음에는 그런 앙숙도 없었다. 사실대로 털어놓자면, 미첼 토머스는 나를 골탕 먹이는 재미로 살았다. 여러 아이들이 심통스럽게 굴었지만, 그중 미첼이 가장 고약했다. 특히, 11살 즈음, 아버지 소유의 개울가에서 책을 읽는데, 미첼이 뒤에서 내 머리통을 다짜고짜 후려친 적이 있었다. 아무런 이유도 없이 말이다. 그냥 머리를 냅다 후려쳤다! 나는 당연히 분통을 터뜨리며 벌떡 일어났다.

"도대체 왜 이래?"

소리를 버럭 질렀다.

"그러고 싶어서."

미첼이 툭 내뱉었다.

이유라곤 그것뿐이었다. 그러고 싶었단다.

"네가 어떻게 할 건데?"

나는 찍소리도 못 했다. 생각 같아서야 어떻게든 하고 싶었지만, 나는 바보가 아니었다. 나는 몸집이 왜소했고, 미첼은 나보다 나이가 1살 많은 데다 덩치도 크고 또래보다 힘이 셌으니, 나 정도쯤은 쉽게 묵사발 낼 수 있었다. 미첼이 나를 노려보았고 나도 미첼을 노려보았다. 이윽고 미첼이 몸을 돌리더니 가 버렸다. 낄낄거리거나 히죽거리지도 않고 아무 일 없다는 듯 뒤돌아갔다. 내 짐작으로는 또 다시 와서 때릴 놈이었다.

역시 그랬다. 때리고! 또 때리고!

처음에는 미첼과 안 마주치는 게 상책인 것 같아 피해 다녔으나, 그래 봤자 소용이 없었다. 미첼 문제를 캐시 누나에게 이야기했다. 캐시 누나는 미첼이 눈을 떼지 못할 정도로 아름다웠다. 아름다울 뿐 아니라 씩씩하고 야무졌으며, 콧대도 하늘 높은 줄 모르게 높았다. 나보다 6살이 더 많아서, 때로는 어미 닭이 병아리를 쫓아다니듯 귀찮게 굴기도 했다. 나는 누나가 무조건 내 편을 들어 줄 거라고 생각했다.

"누나, 미첼이 누군지 알아?"

"물론 알지. 왜 걔가 때리게 놔 두니?"

누나가 되물었다.
"때리라고 한 적 없어! 걔가 때리면 나라고 기분이 좋겠어?"
나는 벌컥 화를 냈다.
"그렇게 싫으면, 그만두게 해."
"그러려고 하잖아."
"더 강하게 나가 봐."
"확 덤벼버릴까도 했지만, 워낙 세단 말이야. 어떻게 해야 할지 모르겠어."
"그래도 방법을 찾아내야지."
누나는 담담하게 대꾸하더니, 가만히 나를 쳐다보며 덧붙였다.
"내가 걔랑 이야기 해 볼까?"
그럴 생각은 눈곱만큼도 없었다.
"아니야, 절대 안 돼! 누나가 대신 싸워준다고 다들 놀릴 거야."
누나는 어깨를 으쓱거렸다.
"그렇다면 서둘러 방법을 찾아 봐."
하지만 내가 방법을 찾기도 전에 미첼은 다시 나를 후려쳤다. 그 뒤로도 계속 반복되었다. 점점 더 심해지자, 나는 아버지에게 미첼과 다른 아이들이 괴롭힌다는 사실을 털어놓았다. 미첼과 다른 아이들의 집은 모두 아버지 땅에 있어, 아버지의 한마디면 다들 꼬리를 내리겠지 싶었다. 아버지가 말했다.
"내가 어떻게 해 주랴?"
"모르겠어요."
대답은 그렇게 했어도, 하고 싶은 말이 입 속에서 맴돌았다.

"내가 나서서 미첼과 다른 애들이 손을 못 대게 해주랴?"

나는 아무 말도 하지 않았다.

"네가 그만두게 하고 싶다면, 네가 그렇게 해. 이 일은 너와 미첼과 여러 애들 문제니까. 어른인 나는 간여하고 싶지 않구나."

아버지는 그 말대로 가만히 계셨다. 한 번은 입술이 터졌고 또 한 번은 눈이 시퍼렇게 멍들었지만, 아버지는 눈도 꿈쩍하지 않았다. 고작해야 이렇게 말하는 정도였다.

"아직도 해결을 못 했구나."

그러더니 잠시 뒤에 말을 이었다.

"폴! 이러다가는 걔들 손에 네가 죽어나겠다."

"걔들은 나보다 덩치도 크고 힘이 세단 말이에요!"

나는 볼멘소리로 대답했다.

"너에게도 뛰어난 게 있잖니! 머리를 쓰란 말이다. 잘 해결해 봐."

나는 정말이지, 잘 해결했다. 하몬드, 조지 형과 로버트! 형제들의 도움을 받았다. 형들 정도면 미첼을 간단히 제압하겠지 싶었다. 형들이야 이미 나의 고달픈 생활을 잘 알고 있었다. 터진 입술과 멍 자국을 목격한 게 한두 번이 아니었으니까. 하지만 형들은 멀리 떨어진 학교에서 주로 지내다 보니, 여태껏 나로서도 어쩔 수 없었다. 로버트는 나름대로 도와주려고 했으나, 그 덩치로는 딱히 할 만한 일이 없었다. 몸집이 나만큼이나 왜소했으니 말이다. 드디어 형들이 집으로 돌아오자, 이제는 상황을 바로 잡아야겠다고 마음먹었다.

"우리가 어떻게 해줄까?"

하몬드 형이 물었다. 나는 완벽하고 철저한 복수를 꿈꾸었다. 그래서 19살 하몬드 형과 18살 조지 형에게 거는 기대가 컸다.

"본때를 보여 줘."

나는 당당하게 소리쳤다. 하몬드 형이 싱긋 웃자, 조지 형도 따라 웃었다. 로버트는 엄숙한 표정으로 고개를 끄덕이며 한마디 던졌다.

"형들이 확실하게 본때를 보여 줘."

로버트는 11살로 나와 동갑이었다. 형제 중에서 로버트가 나랑 가장 친했다. 동갑내기라서 가까워지기도 했겠지만, 꼭 그게 다는 아니었다. 우리는 갓난아이 때부터 늘 붙어 지냈고, 내가 난처한 일을 겪을라치면 로버트가 몸을 사리지 않고 뛰어들었다. 제 딴에 일을 해결하기 어렵다 싶을 때는 곁에서라도 지켜주었다. 나 역시 로버트 일은 팔을 걷어붙이고 앞장섰다. 둘 중에 하나가 내 엄마나 우리 아버지에게 매를 맞으면, 다른 아이가 끼어들어 말렸고, 그러다 같이 혼난 적도 한두 번이 아니었다. 우리는 모든 것을 함께 나누었다. 돌이켜 생각해보면 로버트는 항상 내 편이었다.

"그 자식들이 무슨 권리로 너를 때려."

바로 내가 하고 싶던 말이었다.

"그러게 말이야."

"우리가 내일 그 자식을 해치워 버리자."

로버트가 큰소리를 땅땅 쳤다. 하몬드 형이 로버트의 말을 가로막았다.

"잠깐! 그래도 되는지 잘 모르겠네."

내가 물었다.

"왜 안 되는데? 여태껏 내가 맞은 만큼 형들이 갚아줘야, 그 자식이

꼼짝 못한단 말이야."

잠시 생각에 잠긴 하몬드 형이 다시 말을 꺼냈다.

"내가 보기에는 별로 공평하지 않은데."

"내가 보기에는 완전 공평해."

"내가 보기에도!"

로버트가 거들었다.

"하지만 조지와 내가 미첼이나 다른 애들보다 나이를 훨씬 더 먹었으니, 우리가 유리하잖아."

하몬드 형이 주저했다.

"에이, 바로 그 점이 중요해!"

내가 우겼다. 하몬드 형은 고개를 저었다.

"게다가 우리 땅에서 사는 애들에게 이런 문제로 시시비비를 붙이면, 결국 행패를 부리는 거나 마찬가지라서……."

나는 순간 발끈했다.

"참나! 행패를 부린 놈들은 바로 그 자식이야!"

조지 형이 나를 똑바로 바라보았다.

"이 문제를 아버지께 말씀드렸냐?"

조지 형은 탁 까놓고 말하는 성격이라서 좋았다. 형은 하고 싶은 말을 참는 법이 없었다. 아버지가 없다 싶으면 한쪽 다리를 의자 팔걸이에 걸친 채 대롱대롱 흔드는 것처럼 겉으로는 건들건들하며 오냐오냐 했지만, 누가 성질을 건들라치면, 오금이 저릴 정도로 성깔을 부리며 무쇠나 다름없는 오른손을 휘둘렀다. 하지만 내 앞에서 그런 적은 없었다. 나는 언제나 조지 형 앞에서는 솔직했다.

"당연히 아버지께 말씀드렸어."

조지 형이 묻는 말에 바로 대답했다.

"그래, 뭐라고 하시던?"

이번에는 대답이 냉큼 나오지 않았다.

"야? 뭐라고 말씀 하셨을 것 아냐?"

"간섭하고 싶지 않으시대. 나더러 해결하래. 그래서 이렇게 노력하고 있잖아."

조지 형이 웃음을 터뜨렸다.

"오호, 해결하려고 노력하는구나? 우리를 앞세워 해결하려고 노력한단 말이지?"

로버트가 얼른 나섰다.

"그게 그거지."

나도 똑같은 생각이었다. 하몬드 형이 우리를 달랬다.

"이것 봐, 폴. 미첼과 이야기를 해 볼게. 그렇지만 네 문제로 미첼을 때리지는 않아. 알았지?"

하몬드 형에게 고개를 끄덕였지만, 내 생각에 미첼 토머스에게는 그저 매가 꿩 잡는 매였다.

다음 날 아침, 나와 로버트는 형들이 모는 말 뒤에 타고 미첼 가족이 소작하는 농지로 향했다. 미첼 토머스의 아버지는 우리 아버지의 소작농이라서, 아버지나 형들이 시키면 무조건 굽실거려야 할 처지였다. 토머스 부인이 공손한 자세로 우리를 맞았다.

"에드나! 윌리는 어디에 있지?"

하몬드 형이 어두침침한 문간에 서 있는 미첼의 엄마에게 말을 걸었다. 윌리는 미첼의 아버지였다.

"벌써 나갔나?"

"예. 그 사람은 밭에 있는데요."

"어차피 윌리 때문에 온 건 아니야. 미첼을 보러 왔거든. 윌리랑 같이 있나?"

토머스 부인이 깜짝 놀라며 대답했다.

"미첼요? 저기, 장작으로 쓸 나무를 하러 숲에 갔는데요?"

"어딘데?"

"개울가 근처 북쪽 저기요."

하몬드 형이 말했다.

"알았어. 우리가 찾아볼게."

막 돌아서려는데 토머스 부인이 물었다.

"저, 우리 그놈이 또 뭔 짓을 저질렀나요? 말썽이라도 부렸나요?"

"그냥 할 말이 있어서 그래, 에드나."

하몬드 형이 토머스 엄마를 안심시켰다. 그러나 말을 돌려나올 때 보니 토머스 부인의 얼굴이 얼마나 어두운지, 천지분간 못 하는 내 눈에도 부인이 걱정하는 게 보였다. 토머스 부인은 형들이 찾아와 불안해 떨고 있었다. 미첼에 관해 묻는 형들은, 다름 아닌 백인들이었으니까.

****

조지아의 태양이 이글거릴 즈음에, 우리는 개울의 북쪽 둑에서 도끼로 장작을 패는 미첼을 찾아낼 수 있었다. 미첼의 남동생 둘은 쪼갠 통나무를 모으고 있었다. 우리가 말에서 내리자, 미첼은 통나무에서 도끼를 쑥 뽑아서 가슴에 비껴들었다. 솔직히, 미첼이 다른 일을 하고 있기를 바랐다. 미첼의 불 같은 성질머리를 알기에, 도끼로 무슨 짓을 저지를지는 상상하기도 싫었다. 하몬드 형은 도끼 따위는 눈에 들어오지도 않는 듯, 조지 형과 함께 미첼에게 성큼성큼 걸어갔다. 로버트와 나는 말 옆에 서 있었다.

"장작을 상당히 많이 팼구나. 미첼."

하몬드 형이 점잖게 말을 건넸다. 미첼은 나를 흘깃 보더니, 다시 하몬드 형에게 고개를 주억거렸다.

"예."

미첼의 동생들은 아무 말 없이 얌전히 서 있었다. 하몬드 형이 말을 꺼냈다.

"흠, 미첼. 너랑 이야기 좀 하려고 왔다."

조지 형이 끼어들었다.

"야! 듣자하니, 네가 폴을 때린다며?"

고맙게도 조지 형이 문제의 핵심을 찔렀다.

"심심하면 두들겨 팬다며?"

미첼은 도끼를 꽉 움켜쥐고는 아무 말이 없었다.

"무슨 이유인지 알고 싶구나?"

하몬드 형이 구슬렸다. 나는 도끼에서 눈길을 뗄 수가 없었다. 형들에게 미리 경고하고 싶었다. 형들은 미첼이 어느 정도로 미친놈인지 몰랐다. 하몬드 형이 계속 말을 붙였다.

"왜 폴에게 그러는지 궁금하네. 쟤가 뭐 잘못했니?"

미첼은 도끼만 바라볼 뿐 입도 뻥긋 하지 않았다. 형들은 기다렸다.

그러다 조지 형이 불같이 화를 내며 윽박질렀다.

"뭐야? 할 말이 없어? 폴이 너에게 무슨 짓을 했어? 안 했어?"

미첼은 도끼만 뚫어져라 쳐다보았다.

"말해 봐!"

"아니요."

미첼이 웅얼거렸다. 나는 미첼이 도끼자루를 잡은 손가락에 힘을 주는 것을 봤다. 하몬드 형이 말했다.

"음, 폴이 아무 짓도 안 했는데, 못살게 굴면 안 되지. 너는 나이도 많고 키도 크니까 그건 공평치 못한 짓이야."

"그만 괴롭히란 말이다."

조지 형은 단칼에 끝내겠다는 듯이 딱 잘라 말했고, 나는 속으로 회심의 미소를 지었다. 모든 게 해결되었다 싶었다. 하몬드 형이 살살 타일렀다.

"미첼! 폴이랑 둘이 사이좋게 지내면 좋겠어. 한동네에 살면서 서로 도와야지. 둘이 싸운다는 이야기는 그만 듣고 싶어. 알았지?"

미첼은 다시 입을 다물었다. 조지 형이 성질을 못 이기고 미첼의 도끼 손잡이를 움켜잡았다.

"이 자식아! 대답해!"

조지 형이 다그치자 미첼이 위험천만하게도 도끼를 확 잡아챘다. 조지 형도 미첼의 손아귀에서 도끼를 뺏으려고 잡아당겼다. 결국 하몬드 형이 끼어들었다. 얼떨결에 도끼를 놓친 조지 형이 다시 미첼 쪽으로 손을 뻗쳤다. 하몬드 형이 조지 형을 밀어내며 단호하게 말했다.

"그만 둬, 조지."

그러고는 미첼에게 돌아섰다.

"야, 네 녀석도 그것 내려놔."

과연 미첼이 순순히 따를지, 가늠하기 어려웠다. 하몬드 형은 조금도 동요하지 않았다.

"내려놓으라고 했지! 당장!"

미첼은 형들을 차례대로 보더니 도끼를 통나무 쪽으로 집어던졌다. 하몬드 형이 차분히 타일렀다.

"더 그러면 못써."

조지 형이 하몬드 형을 밀어젖히며 손가락으로 미첼을 가리켰다.

"그따위 짓을 또 해 봐. 내가 머리통을 날려주마, 이 새끼야! 알아듣겠어? 똑똑히 머릿속에 박아 둬. 난 폴이 아니야."

미첼이 조지 형의 손을 냅다 치고 그 자리에서 큰 싸움판이라도 벌일까 봐 졸았지만, 형을 노려볼 뿐, 아무 말도 하지 않았다. 하몬드 형이 둘을 지켜보다가 미첼에게 말을 건넸다.

"폴과 싸우지 마."

미첼은 땅만 내려다보았다.

"내 말 알겠지?"

미첼은 고개를 들어 하몬드 형을, 그리고 나에게 시선을 돌렸다. 순간 내 무릎이 후들거렸다.

"예."

미첼은 웅얼대듯 대답을 했지만, 나에게 꽂히는 미첼의 눈빛을 보는 순간, 미첼의 문제를 풀려면 아직 멀었다는 사실을 알아차렸다.

결국 내 짐작이 옳았다. 다음에 혼자서 미첼과 마주쳤는데, 미첼은 나를 비오는 날 먼지 나도록 흠씬 두들겨 팼다.

"야, 네 형님들한테 가서 두들겨 맞았다고 일러, 어서 이 뽀얀 깜둥이 새끼야!"

미첼은 주먹을 날리며, 고래고래 소리를 질러댔다.

"제발 부탁이니, 네 백인 아버지한테도 가서 일러바쳐!"

미첼에게 실컷 얻어맞았지만, 누구에게도 말을 할 수 없었다. 그저 개울로 터덜터덜 걸어가, 둑에 앉아 아버지의 땅을 봤다. 미첼과 동네 아이들이 왜 나를 그토록 미워하는지 곰곰이 생각해 봤다. 미첼의 말은 사실이었다. 그러니까 우리 아버지는 백인이었다. 아버지는 에드워드 로건으로, 그 이름만으로도 존경을 받는 분이었다. 그 당시에도 부자였지만 1861년 남북 전쟁이 시작되기 전에는 더 대단했으며, 수년에 걸친 전쟁이 끝나자 예전의 명성에 미칠 정도는 아니더라도 점차 재산을 회복했다. 아버지는 땅이 많았고 몇 해 전으로 거슬러 올라가면 노예도 여럿 데리고 있었다.

엄마도 그런 노예 중의 한 사람이었다.

우리 엄마는 이름이 드보라로, 아프리카인과 토착민인 인디언 사이에서 태어났다. 엄마는 아름다웠다. 여자가 되어갈 무렵, 아버지가 엄마를 마음에 두었다가 자신의 여자로 삼았다. 그 결과 캐시 누나와 내가 세상에 나왔다. 누나와 나는 아버지의 자식이면서도, 노예 신분으로 태어났다. 그 당시, 수많은 백인 남성들이 자신과 피부색이 다른 자식을 두었지만, 법적으로 백인은 유색인 아이의 아버지가 될 수 없었으며, 혹시 된다고 하더라도 피부색이 다른 자녀는 백인 아버지에게서 아무것도 물려받지 못했다. 때로는 피부색이 다른 자녀를 거두는 백인도 있었지만, 극히 드물었다. 우리 아버지는 드문 경우였다. 누나와 나를 돌보았고 비록 공식적으로는 아니지만 자식으로 인정하면서, 백인 자식들과 별 차이 없이 키웠다. 그 덕분에 우리는 다른 유색인과 다르게 자랐고, 그게 바로 내가 남다른 이유였다.

내 피부는 백인에 가까웠다. 자세히 뜯어보면 혼혈인이라는 것을 알 수 있었지만, 다들 첫눈에는 백인으로 착각했고 개중에는 끝까지 눈치를 못 채는 사람도 더러 있었다. 머리카락 색깔은 갈색이며, 곱슬머리도 아니었다. 머리는 다소 길다 싶게 어깨까지 내려왔다. 나더러 인디언 같다는 사람들의 말에 엄마는 늘 흐뭇해했다. 내 피부는 옅은 갈색이라고 할 수 있는데, 내 외모를 어떻게 보느냐에 따라 사람들은 나를 다르게 대했다.

아버지 덕분에 백인 아이라도 되는 듯 누린 호사는, 그 당시 미첼과 유색인 아이들에게는 감히 꿈도 꿀 수 없는 것들이었다. 누나와 나는 하몬드, 조지, 로버트와 함께 아버지의 식탁에 나란히 앉았다. 우리는 옷도 말끔하게 차려 입었고, 또 아버지에게 똑같이 교육을 받았다. 아버지는 손수 우리에게 읽기, 쓰기, 셈을 알려주었는데, 누나를 가르치면서 당시의 법을 어겼고, 또 나를 가르칠 때에는 인근 백인들의 반대를 무릅써야 했다. 아버지의 뜻에 따라 형들과 로버트는 우리에게 책을 빌려주고 학교공부도 가르쳐주었다. 아버지는 사업상 다른 도시를 가게 되면, 형제와 더불어 나까지 데리고 갔다. '에드워드 로건'이라는 세상 속에 살면서 나는 그 당시 유색인에게 금지된 교육을 받았던 것이다. 아버지는 나를 보호했고, 나는 백인과 다름없는 생활을 했다. 그래, 나는 다르긴 하지만, 그건 어쩔 수 없는 일이었다. 개울가에 앉아 곰곰이 생각하다 보니, 나를 눈꼴시려 하는 토머스 미첼의 심정을 이해하지 못할 것도 없었다. 내가 미첼이라면 과연 나 같은 애를 좋아했을까?

그렇게 상념에 젖어 있던 내게 로버트가 다가와 무슨 일이냐며 걱정하던 모습이 떠오른다.

"무슨 일인 것 같아?"

내가 되물었다.

"미첼?"

"미첼."

로버트는 한숨을 내리 쉬더니 내 옆에 앉았다.

"끔찍해 보인다."

"기분은 더 그래."

"이번에는 왜 그랬대?"

로버트를 바라보았다. 이제는 알 것 같지만, 입 밖으로 꺼내고 싶지 않았다.

"항상 똑같아. 그냥 내가 역겹대."

로버트는 끄덕였고, 우리는 한참 동안 서로 말이 없었다. 로버트는 개울물에 돌멩이만 자꾸 던졌다. 로버트는 더 캐묻지 않았다. 우리는 굳이 말할 필요가 없었다. 우리는 그만큼 가까웠다. 시간이 얼마나 지났을까. 로버트가 마침내 입을 열었다.

"낚시나 할까?"

나는 낚싯대를 감춰둔 바위틈을 흘끗 보고는 고개를 가로저었다.

"그러고 싶지 않아."

"다른 거 할래?"

"다 싫어."

"아프냐?"

"딱 보면 모르냐?"

"하몬드 형이랑 조지 형을 데려 올까?"

나는 고개를 흔들었다.

"그럼 뭐 할래?"

"그냥 여기에 앉아 있을 거야."

"좋아, 나도 같이 있지, 뭐."

로버트가 계속 돌멩이를 던지는 동안 나는 마냥 개울물을 들여다보았다. 우리는 말없이 그냥 앉아 있었다.

****

나의 실체를 깨닫자 주변의 사람들이 나를 어떻게 보는지 알게 되었고, 그제야 미첼의 폭력을 어떻게 제지해야 하나 더 골똘히 생각할 수 있었다. 미첼이 나를 싫어하는 마음이야 어느 정도 수긍한다지만 미첼이 느끼는 증오까지 이해하기란 정말 힘들었다. 머리를 쥐어짜도 내가 미첼에게 잘못한 일이 떠오르지 않았다. 하지만 엄마가 짐작하는 바는 달랐다. 엄마가 상처에 연고를 발라주며 핀잔을 주었다.

"네가 잘못한 게 없다고? 응? 참나! 형들을 데려가서 미첼에게 따져 묻고 미첼의 엄마까지 겁먹게 했으니, 걔는 기분이 퍽도 좋았겠다!"

"형들은 걔 엄마에게 겁주지 않았어요! 그냥 미첼이 어디 있냐고 물었다니까요!"

나는 목청을 높였다.

"그 정도면 겁을 주고도 남아. 네 형들은 백인이었으니까."

"하지만 내 형제이기도 해요."

엄마에게 따졌다.

"얼씨구, 형제라, 백인이란 점을 먼저 기억해야 할걸."

나로서는 잊으려고 해도 잊을 수가 없었다. 그 당시에는 별로 중요해 보이지도 않았는데도, 엄마는 코흘리개 때부터 그것을 끊임없이 내 머리에 상기시켰다. 형들과 로버트는 그냥 내 형제고, 아버지도 내 아버지일 뿐이다. 나와는 다르다는 엄마의 잔소리는 진절머리가 났다.

물론 엄마가 지적했듯이 형들을 앞장세워 미첼을 혼내준 것은 잘못이고 떳떳하지 못한 짓이다. 미첼은 나처럼 아버지의 땅에서 태어난 노예였다. 그 점은 나랑 똑같다. 엄마가 옳았다. 내가 형들을 데려가지 말았어야 했다. 이제는 내가 직접 미첼의 문제를 해결할 수밖에 없을 것 같았다.

****

나 혼자서 마무리 짓겠다고 마음먹었기에, 따라나서겠다는 형들의 호의를 거절했다. 형들은 저번에 미첼에게 또 두들겨 맞은 모습을 이미 고스란히 보았다. 조지 형이 말했다.

"미첼을 타일렀는데도, 그다지 소용이 없나 보네."

하몬드 형이 물었다.

"다시 한 번 이야기 해 줄까?"

로버트가 끼어들었다.

"그보다는 이번에 아예 좀 두들겨줘!"
내가 말렸다.
"안 돼. 형들이 미첼에게 다시 나무라거나 때려봤자, 녀석은 달라지지 않아. 내가 혼자서 해 볼게."
"싸우는 방법을 몇 가지 가르쳐 줄게."
조지 형이 말했다.
"아니야. 형! 나도 미리 생각해 둔 게 있어. 별일 없을 거야."
조지 형이 큰 소리로 껄껄 웃었다.
"별일 없어야지. 암! 너를 땅에 묻고 싶지 않거든."
나도 땅에 묻히고 싶지 않았다. 나도 생각이 있었다. 내 생각대로만 일이 굴러가기만을 간절히 기도했다. 그날, 미첼을 찾아 나섰다. 내가 미첼을 찾아냈을 때, 미첼은 흠칫 놀란 눈치였다. 미첼은 두리번거렸다.
"다들 어디 있냐?"
미첼이 물었다.
"누구?"
내가 되물었다.
"네 형들. 걔들 없이 혼자서 싸돌아다닐 리가 없잖아."
"나 말고는 없어. 너를 보러 왔어."
"뭐 땜에? 또 얻어맞고 싶어 몸이 근질근질하냐?"
"뭘 좀 물어보려고."
"뭔데?"
"나를 싫어하는 이유를 정확히 듣고 싶어. 뭔가 이유야 있겠지만, 나는 아무리 생각해도 모르겠어."

미첼이 어깨를 으쓱거렸다.

"그냥 싫어."

"그냥 싫어?"

내가 따지듯이 물었다. 미첼은 나를 똑바로 쳐다보며 천천히 말했다.

"나는 뽀얀 깜둥이라면 딱 질색이다."

나는 그 말을 듣고 잠깐 멈칫했다. 깜둥이라는 말이 귀에 거슬렸지만, 미첼을 붙들고 그걸 시시콜콜 따질 때가 아니었다.

"내가 백인처럼 생기지 않았으면 나를 좋아했겠냐?"

"아니."

"왜 아닌데?"

"세상에서 지가 젤 잘난 줄 아니까."

"왜 그렇게 생각해? 내 머릿속에 들어가 봤냐?"

"이유야 본인이 더 잘 알겠지."

미첼이 비꼬았다.

"우리 아버지가 백인이고 이 땅의 주인이라서? 나는 우리 아버지가 누군지? 또 내가 백인처럼 보인다고 단 한마디도 떠든 적이 없어. 그야 나도 어쩔 수 없잖아."

나는 별일이 아니지 않느냐고 어깻짓을 하면서 미첼도 그렇게 생각해 주길 맘속으로 바랐다.

"왜 내가 잘난 척한다고 생각하는데?"

미첼이 대꾸했다.

"똑똑한 니가 알아맞혀 봐."

미첼이 나에게 주먹질을 하지 않으면서 이렇게 오래 나랑 이야기를 나누기도 처음이었다. 나는 말하기 전에 미첼의 말을 생각해 봤다.

"미첼. 너는 나보다 힘이 세. 내가 못 드는 것도 척척 들잖아. 그 대신 내가 쉽게 할 수 있는 것을 네가 못 하는 것도 있어. 글을 읽거나 쓰는 것, 셈 같은 것 말이야. 네가 못 하는 일을 내가 하는 걸 보고 잘난 척한다고 너는 생각했겠지. 지금 떠오른 건데, 너에게 읽기, 쓰기, 셈을 가르쳐주면 어떻겠냐? 너도 배우고 나면 나 혼자 똑똑하게 군다고는 생각하지 않을 거야."

미첼이 얼굴을 찌푸렸다.

"뭣 땜에 그딴 걸 배워야 해?"

내가 조곤조곤 설명했다.

"필요하니까. 우리가 아무것도 모르고 살아가길 백인들은 바라지만, 그걸 알게 되면 백인들이 아는 것까지 모두 익힐 수 있어. 백인들이 왜 우리에게 읽기와 쓰기와 셈을 배우지 말라는 줄 알아? 우리 아버지가 그러는데, 백인들은 우리를 일꾼으로 부려먹어야 하니까 자기네들처럼 똑똑하게 되기를 원하지 않는대. 우리가 무식해야 부려먹기 쉽대."

미첼은 잠시 생각에 잠겼다.

"나한테 그런 걸 가르치면 밤의 무법자들이 잡으러 쫓아 올 텐데. 안 무섭냐?"

미첼이 담담하게 물었다.

밤의 무법자들은 흰 시트 따위를 뒤집어쓴 백인들로, 유색인이건 백인이건 누구라도 유색인에게 교육을 시키거나, 필요하지 않은 지식을 가르친다 싶으면, 말을 타고 다니며 린치를 가했다. 밤의 무법자라는 이름만으로도 덜덜 떨리지만, 심각하게 생각해 본 적도 없었고, 또 내가 보기에 미첼도 마찬가지였다. 우리 둘 다 밤의 무법자를 본 적이 없는 데다, 우리끼리 하는 공부라서 그다지 상관은 없을 것 같았다. 나는 어깨를 으쓱거렸다.

"그 사람들이 무슨 수로 알아내겠어. 거창하게 수업하는 게 아니라 그냥 너만 가르치는데, 뭐."

"그렇다면 대신 내가 뭘 해줘야 하나?"

사실 나는 미첼 토머스가 때리지만 않아도 만세를 부를 기분이었으나, 그렇게 말하면 미첼은 자신을 단순한 동네불량배로 전락시켰다고 느끼고 화를 낼 게 뻔했다. 미첼도 자존심이 있으니 내가 제안한 휴전이 효과를 거두려면 학습의 대가를 지불해야 했다.

"내게 싸우는 법을 가르쳐 줘."

"아무리 가르친다고 네가 날 이기겠냐?"

미첼이 대꾸했다.

"그거야 내가 알아서 해."

내가 받아쳤다. 미첼은 잠시 뜸을 들이며 고민하더니 좋다고 했다.

"좋다. 그렇다면 나에게 읽기랑 쓰기랑 셈을 알려줘. 내가 싸움을 가르쳐주지. 이것만은 꼭 알아둬라."

"뭔데?"

"어쨌든 네놈이 싫다."

"나도 네가 싫어."

나도 속마음을 그대로 내비쳤다.

미첼이 고개를 끄덕이며 내 솔직한 심정을 받아들이자, 거래는 성사되었다. 이렇게 해서 미첼과 나의 새로운 관계는 시작되었다. 그날 이후로 우리는 휴전상태였다. 친구 사이는 아니었으나, 미첼은 다시는 나를 때리지 않았다. 나는 미첼을 가르쳤고 미첼은 나를 가르쳤다. 미첼은 훌륭한 학생이 아니었고 나 역시 뛰어난 싸움꾼이 되지 못했다. 나는 방어하는 법을 배웠는데 그것 못지않게 중요한 변화가 나타났다. 미첼이 나를 곁에 두고도 괴롭히거나 때리지 않자, 동네 아이들도 나에게서 멀찌감치 물러나더니 더는 건들지 않았다. 미첼은 과연 그런 사실을 알았을까? 미첼 자신은 그럴 의도가 전혀 없었지만, 결국 나의 보호자가 되어 준 걸.

종마

　나와 미첼이 가까워지고 나서 몇 년이 흘렀을 때, 아버지는 고스트 윈드라고 불리는 종마에 큰 관심을 나타냈다. 말을 워낙 좋아했던 아버지는, 빠른 말이라면 귀가 솔깃하던 차에 고스트 윈드야 말로 네 발 달린 짐승 중 가장 빠르다는 소문을 듣게 되었다. 아버지는 고스트 윈드를 보지도 못한지라, 자세한 내용을 서둘러 알아보았다. 종마의 주인이자 인근에 살고 있는 웨이벌리와 연락을 취한 뒤에, 아버지는 자신이 직접 가서 눈으로 확인해보고 소문이 사실이라면 말을 구입하겠다는 뜻을 밝혔다. 아버지는 아들들을 모두 데려가기로 마음먹었다.
　웨이벌리 농장은 몇 시간 떨어진 곳에 있었기에, 종마를 사러가던 날은 먼동이 트기 전부터 서둘렀다. 전날 밤에, 아버지는 가장 좋은 말 5마리를 골라 놓았다. 자신이 고스트 윈드라는 말을 사고는 싶어도 현재에도 좋은 말은 얼마든지 갖고 있다는 것을 넌지시 알리려는 속셈이었다. 우수한 말을 이미 몇 마리 가지고 있으니, 그 종마가 가격에 거품이 끼였다 싶을 경우, 다른 곳에서라도 얼마든지 좋은 말을 구입할 수 있는 능력을 가지고 있다는 무언의 시위였다.

좋은 말 5마리를 데려가려는 아버지의 결정에 걸림돌이 된 것은 바로 로버트였다. 사실, 로버트는 말 앞에만 서면 사시나무 떨듯 떨었다. 전에, 말에서 떨어져 다리와 갈비뼈가 나간 적이 있었다. 한번 낙마해 보자, 로버트는 말에 기겁한 나머지 말에 올라탈 생각을 하지도 못했다. 그래서 다른 사람과 함께라면 모를까 혼자서는 절대 말에 오르지 않았고, 심지어 말 가까이 다가서지도 않았다. 로버트는 웨이벌리 농장까지 걸어가겠으며, 거리가 정 멀다면 마차를 타겠다고 고집을 부렸다. 하지만 승마를 좋아하는 아버지가 어떻게 아들더러 이웃 말 농장에 마차를 타고 가라고 허락하겠는가. 게다가 골라 놓은 말 5마리는 아버지의 대단한 자랑거리였기에 그 말들이 마차를 끈다는 건 있을 수 없는 일이었다. 아버지는 한 걸음 양보하여, 말 한 마리를 품종이야 조금 쳐지지만 순한 말로 바꿔주었다. 그 말은 느리고 다소 얌전해서 로버트라도 큰 어려움이 없을 듯했다.

"고삐를 꽉 움켜쥐고 지금 누가 말을 몰고 있는지 가르쳐줘. 그럼 별일 없을 거야."

아버지가 로버트에게 말했다. 로버트는 내가 말에 오르는 모습을 근심스레 눈여겨보았다. 어차피 말을 몰고 갈 능력이 없으니, 말이 자신을 데리고 갔으면 하는 눈치였다. 로버트는 아버지에게 '예, 알겠습니다.'라는 대답을 하고 올라타기는 했지만, 아니나 다를까, 가는 내내 위태로웠다. 하지만 나는 로버트와 완전히 반대였다. 그 당시에 고작

13살이었지만 말을 제법 잘 탔다. 사실, 나는 말에 대해 재능이 있어 우리 형제들 가운데 가장 말을 잘 다루었다. 아버지는 나더러 천부적인 소질이 있다며 늘 감탄하곤 했다. 아버지와 형들은 앞장서서 말을 달렸지만, 나는 로버트의 두려움을 덜어주려고 말머리를 나란히 한 채 웨이벌리 농장까지 이야기를 주고받으며 갔다.

농장에 도착하자마자 우리는 고스트 윈드를 곧장 보러갔다. 그 말은 온몸이 새하얀 게 아주 근사했다. 아버지는 고스트 윈드를 그 자리에서 공개적으로 칭찬했다. 웨이벌리가 아버지더러 타보라고 권했다. 아버지는 고스트 윈드를 타고 목장을 서서히 돌더니 이내 한 바퀴 달렸다. 고스트 윈드는 허공을 날아가는 것 같았다. 아버지가 말했다.

"한번 제대로 달려보고 싶군요. 얼마나 빠른지 보고 싶소."

웨이벌리가 찬성했다.

"그러시죠. 말을 타고 길을 안내하겠습니다. 댁의 자제분들도 함께 가도록 하죠. 미리 말씀드리는데 우리가 아무리 쫓아간다 해도 고스트 윈드를 따라붙지는 못할 겁니다."

하몬드 형과 조지 형은 선뜻 따라갔다. 나도 따라나섰지만 로버트가 뒤로 움찔 물러섰다. 로버트로서는 그날 말을 오래 탄 셈이었다. 로버트는 도착점에서 말이 들어오는 것을 지켜보겠다고 했다. 나도 아버지와 형들을 따라 달리고 싶었지만, 로버트와 함께 남기로 했다.

웨이벌리에게는 아들이 셋 있었다. 퍼시는 나와 로버트처럼 13살이었고 잭은 몇 살 어렸으며 크리스티안이 가장 나이가 많았다. 그 아이들도 모두 남았다. 웨이벌리 아이들은 고스트 윈드의 경주 모습을 여러 번 본 탓인지 별 흥미를 보이지 않았다. 웨이벌리가 가고나자 아이들은 우리에게 꼭 보여줄 말이 있다며 너스레를 떨었다. 크리스티안이 말했다.

"말 이름은 애팔루사야. 서부에서 왔는데. 우리 거야. 아버지가 우리에게 주셨어."

잭이 물었다.

"보고 싶냐?"

나야 그러고 싶었지만, 나에게 묻는 게 아니었다. 로버트는 망설였다. 딴 말을 볼 생각이 없었다. 제아무리 특별한 말이라고 해도 로버트에게는 그저 그런 모양이었다. 공교롭게도 아이들은 로버트가 말을 두려워한다는 사실을 알아차렸고, 이내 애팔루사를 끌고 나왔다. 애팔루사는 상아색 바탕에 진한 갈색이 점점이 흩어진 근사한 말이었지만 잔뜩 겁을 먹은 상태였다. 그동안 아이들이 마구잡이로 다룬 모양이었다. 아이들이 말을 진정시키고 로버트더러 타 보라고 재촉했다. 그간의 과정을 지켜본 로버트는 눈을 동그랗게 뜨면서 뒤로 주춤거렸다.

"하지만……말이 거칠잖아."

웨이벌리 아이들이 느물댔다.

"그렇게 거칠지는 않아. 한번 타 봐. 올라 타."

로버트는 싫다고 했다.

"고맙기는 한데, 안 타는 게 좋겠어."

퍼시가 부추겼다.

"어휴, 한번 타 봐. 네 아버지도 네가 저 말을 타 보기를 원할 거야. 네가 이런 말을 타면 네 아버지가 얼마나 흐뭇하시겠냐?"

로버트는 넘어가지 않았다.

"나는 싫어."

순간, 애팔루사가 느닷없이 뒷걸음질을 쳤고, 로버트의 눈에 두려움이 스쳤다. 로버트는 뒤로 물러서다 비틀거렸다. 크리스티안이 물었다.

"설마 저 말이 무섭지는 않겠지? 이리 와. 우리가 올려줄게."

그러더니 웨이벌리 아이들 둘에서 로버트를 번쩍 들어, 다른 아이가 붙들고 있는 애팔루사의 등 위로 털썩 올려놓았다. 로버트는 공포에 질렸다. 나는 로버트를 내려놓으라고 소리 지르며 애팔루사의 앞길을 가로막았다.

"재를 내려놔."

웨이벌리 아이가 내 옷깃을 움켜잡았다.

"도대체 네가 누구기에 감히 이래라저래라 하는 거야? 오호, 그래. 누군지 소문은 들었지."

로버트는 겁에 질려 말도 못 했다. 어떻게든 네 발 짐승에게서 혼자 내려오려고 했으나, 무서운 모양이었다. 로버트에게는 까마득한 높이로 여겨지는 듯했다. 나는 아이들에게 통사정했다.

"재는 말을 잘 못 타. 다친다 말이야."

"그러셔? 직접 내려주지 그래?"

그 말과 동시에 크리스티안은 동생 퍼시와 힘을 합쳐 나를 로버트 뒤에 앉혔다. 누군가 고삐를 놓으며 애팔루사의 엉덩이를 손바닥으로 찰싹 때렸다. 순간 애팔루사는 초원으로 돌진했다. 웨이벌리 아이들이 배꼽을 잡으며 낄낄댔다.

나는 가까스로 고삐를 잡기는 했으나 로버트 뒤에 앉아 있었다. 그래서 애팔루사를 제대로 다룰 수 없었다. 말이 잔뜩 겁을 먹은 상태라서 내 힘으로는 벅찼다. 로버트는 목청이 터져라 비명을 질렀고, 나는 어떻게든 고삐를 당겨 말을 세워보려고 했다. 초원 저쪽에서 웨이벌리 아이들이 뭐라고 소리 질렀지만 이미 엎질러진 물이었다. 애팔루사는 등을 구부려 우리 둘을 내팽개쳤고 우리는 땅바닥에 떨어지고 말았다. 웨이벌리 아이들이 쫓아왔다.

"너희들 괜찮아?"

아이들은 진짜로 걱정하는 듯했다. 목소리와 태도가 확연하게 달랐다. 아이들은 로버트를 일으켜 세우면서 나에게도 손을 내밀었지만, 나는 그 손을 뿌리쳤다. 우리가 일어서자 퍼시가 말했다.

"다친 거야? 나쁜 뜻은 없었어. 그냥 재미있게 놀자고 그런 거야."

"퍽도 재미있더라."

그 말과 함께 나는 여기저기 흙을 털어냈지만, 로버트는 얼이 빠졌는지 입도 열지 못했다. 오른팔로 왼팔을 붙든 채 서 있기만 했다. 내가 물었다.

"부러졌니?"

로버트는 나를 쳐다볼 뿐, 말이 없었다. 크리스티안이 말했다.

"저기, 어른들에게는 말하지 마. 이렇게 될 줄은 정말 몰랐어. 일부러 다치게 하려고 그랬겠냐? 아까도 말했지만 그냥 장난친 거야."

"맞아. 정말 미안해. 애팔루사에 태우다니! 정말 실수였어."

잭도 서둘러 뉘우치는 태도를 보이며 자꾸 길을 살폈다. 혹시 어른들이 오지 않을까 걱정인 모양이었다. 로버트가 느닷없이 입을 열었다.

"폴이 정식으로 탔다면 애팔루사쯤은 문제없었을 텐데. 정말 폴에게는 멋진 기회였을 텐데."

웨이벌리 아이들이 왁자지껄 웃음을 터뜨렸다. 크리스티안이 비아냥거렸다.

"물론 그랬겠지. 그런데 말이야, 사실 저 애팔루사는 아무도 못 타."

"폴은 할 수 있어."

로버트가 자신 있게 말했다. 나는 로버트를 곁눈질로 슬쩍 보았고, 웨이벌리 아이들은 다시 낄낄댔다. 로버트는 입을 꾹 다물었고 나도 마찬가지였다. 근데 로버트가 왜 이러는지 종잡을 수 없었다. 로버트가 다짜고짜 내기를 붙였다.

"내기할까? 폴이 애팔루사를 타고 떨어지지 않고 초원을 한 바퀴 돌아오는 내기 어때? 그럼 저 말을 우리한테 주는 거야."

퍼시가 목청을 높였다.

"미쳤냐?"

"폴이 떨어지면 애팔루사를 돌려주고."

로버트는 말을 이었다.

"어른들에게는 입도 벙긋하지 않겠어. 폴을 말에 태우지 않겠다면, 할 수 없지, 이곳에서 일어난 일이랑 내 팔이 어떤 꼴인지도 아버지한테 말할 수밖에."

웨이벌리 아이들이 웃음을 싹 거두었다. 로버트는 성한 팔로 다친 팔을 감싸 안은 채 다그쳤다.

"어서 결정해. 어른들이 곧 돌아오실 시간이잖아."

웨이벌리 아이들은 서로 눈길을 주고받더니 결론을 내렸다. 크리스티안이 입을 열었다.

"좋아. 내기하자."

나는 로버트를 한쪽으로 끌고 가 목소리를 낮추고 물었다.

"제정신이야? 내가 어떻게 저 말을 타?"

로버트가 바로 응수했다.

"너는 뭐든지 탈 수 있어."

"나는 애팔루사를 탄 적도 없단 말이야."

로버트가 말했다.

"탔잖아. 방금."

나는 얼굴을 찌푸렸다.

"저놈이 얼마나 사나운지 알잖아."

"폴, 너라면 어떤 말이든지 탈 수 있어."

로버트의 믿음은 흔들리지 않았다.

"말이야 쉽지. 게다가 나에게 먼저 물어봤어야지."

나는 화가 나서 쏘아 붙였다. 퍼시가 소리쳤다.

"야! 타기로 했으면 빨리 시작하란 말이야. 어른들이 조금 있으면 돌아온다고."

나는 다시 한 번 로버트를 힐끔 보고 나서 애팔루사에게 다가갔다. 애팔루사를 진정시키기 위해 부드러운 목소리로 말을 붙였다. 말 근처에 가서 호주머니에서 말린 사과조각을 꺼냈다. 웨이벌리 목장으로 올 때 말 먹이로 준비해둔 것이었다. 애팔루사가 사과를 받아먹었다. 한 조각을 더 주고서 이번에는 이마를 토닥거렸다. 그러는 동안에도 끊임없이 말을 걸었고, 이번에는 때리지 않겠다는 약속도 곁들였다. 고삐를 잡고 초원을 한 바퀴 걷는 동안에도, 애팔루사에게 속삭이며 사과조각을 주었다. 시간이 없는 것 같아 마침내 말 등에 올랐다. 애팔루사는 어깨를 쳐들지 않았다. 애팔루사의 목에 내 머리를 기대고 엎드렸다. 1분, 2분. 그대로 있다가 몸을 세웠다. 조곤조곤 말을 붙이며 무릎을 살며시 안쪽으로 붙이자 애팔루사가 초원을 걸어 나갔다. 애팔루사는 분명히 전에 길들여진 말이었다. 물론 웨이벌리 집안에서 길들인 것은 아니었다. 이 집 사람들은 애팔루사를 타기에는 말에 대해 너무 몰랐다.

나는 다시 애팔루사에게 몸을 굽혔다.

"잘했어. 우리가 저 자식들에게 본때를 한번 보여주자."

애팔루사가 내 피붙이처럼 느껴졌다. 몸을 쭉 펴고 무릎으로 누르자, 애팔루사가 초원을 달렸다. 혹시라도 바닥에 처박히지 않을까 하는 두려움도 말끔히 사라졌다. 나는 이제 말과 함께 한 몸이 되었다. 애팔루사는 자유롭고 거침없이 내달리며 그 순간을 만끽했고, 나 역시 가슴 벅찬 쾌감을 맛보았다. 애팔루사와 호흡을 맞춰 달리다 보니, 멀리서 아버지가 고스트 윈드를 타고 오는 모습이 눈에 들어왔다. 길을 다 돌았는지 웨이벌리가 아버지와 말머리를 나란히 했고, 형들도 뒤에서 말을 타고 왔다. 나는 애팔루사의 속력을 늦추면서 그쪽으로 마중을 나갔다.

"설마 그 야생마를 탄 것은 아니겠지!"

내가 말에서 뛰어 내리자 웨이벌리가 탄성을 질렀다.

"폴은 살아있는 말이라면 뭐든지 탈 수 있어요."

로버트가 우쭐거리며 웨이벌리 아이들을 바라보았다. 아까 한손으로 붙들고 있던 팔은 멀쩡했다. 크리스티안은 얼굴이 벌겋게 달아오른 채 자기 아버지에게 사정을 밝혔다.

"사실은 우리가 로버트와 내기를 했는데, 그러니까 우리 집 말을 걸고요. 음, 음, 저기 만약 저 애가 애팔루사를 탄다면 주겠다고 했어요."
"음, 내가 봐도 말을 제대로 타더군."
웨이벌리는 아버지에게 몸을 돌려 이렇게 말했다.
"댁의 아드님인 로버트가 애팔루사를 얻어낸 것 같군요. 어떻게 생각하십니까?"
"가격 흥정을 한번 해봅시다. 이 녀석은 훌륭하오. 애팔루사도 근사한 말인 것 같소."
아버지는 고스트 윈드의 목을 토닥거리며 말했다.
"좋습니다."
웨이벌리는 이렇게 말하고 나서 아들들을 바라보았다.
"크리스티안, 다들 가서 저 종마를 닦아주고 물도 좀 주렴. 우리가 말을 형편없이 돌본다고 손님들이 생각하면 안 되니까."
웨이벌리와 아버지는 말에서 내려, 가격을 흥정하러 집으로 들어갔다. 형들도 말에서 내려 애팔루사를 뜯어보다가, 로버트와 나를 마구간 한쪽으로 데려갔다. 웨이벌리 아이들이 종마를 돌보고 있었다.
"저 아이들은 어떻게 말을 내기로 걸게 했냐?"
하몬드 형이 물었다. 로버트와 나는 마주 보고 피식 웃었다. 우리는 형들에게 자초지종을 늘어놓았다. 조지 형도 웃음을 터뜨렸다.
"그렇다면 너희들이 맞불을 놓은 셈이네, 응! 로버트, 머리가 비상하게 돌아가는데."
"폴이 잘 탄 덕분이지. 그 때문에 우리 게 된 거야!"
로버트가 덧붙였다.
"게다가 녀석들이 우리를 먼저 애팔루사에 태웠다고."

로버트는 팔을 문질렀다.

"팔이 아프네."

내가 물었다.

"많이 아파?"

"조금 삔 것 같아."

바로 그때 크리스티안이 우리에게 와서 시비를 걸었다.

"너희 집 흰 깜둥이는 말을 타고가다 뒈져라."

조지 형이 몸을 휙 돌렸다.

"폴더러 하는 소리야?"

"그래. 아님 누구겠어?"

순간적으로 조지 형은 크리스티안을 마구간 벽으로 딱 밀어붙이더니 목을 팔로 지그시 눌렀다. 조지 형이 착 가라앉은 목소리로 말했다.

"폴에게 말을 할 때는 한 가지는 기억해 두는 게 좋을 거야. 그건 바로 우리한테 하는 소리란 걸!"

웨이벌리의 다른 형제들은 깜짝 놀랐는지 조용히, 떨어져서 바라만 보았다. 로버트와 나도 우두커니 서서 과연 조지 형이 어쩌려고 저러나 지켜볼 뿐이었다. 늘 그렇듯이 하몬드 형이 일을 수습했다.

"됐어, 조지. 보내 줘."

조지 형은 어깨 너머로 하몬드 형을 흘낏 보고 크리스티안에게 돌아서서 씩 웃더니 팔에 힘을 풀고 물러섰다. 하몬드 형이 크리스티안에게 다가서서 싸늘하게 말했다.

"크리스티안. 네가 꼭 알아둘 게 있어. 폴은 우리와 피를 나눈 사이고, 우리는 그걸 쉬쉬할 생각이 없어. 거기에 대해 할 말 있나?"

크리스티안은 조지 형을 흘낏 보더니 고개를 저었다. 하몬드 형은 나와 로버트를 바라보며 유쾌하게 말했다.

"좋아, 폴, 너와 로버트는 애팔루사에게 가서 집으로 데려가도 괜찮은지 잘 살펴봐라."

그날 오후 늦게, 우리는 웨이벌리 농장을 출발했다. 애팔루사와 고스트 윈드가 우리와 함께했다. 아버지는 종마를 탔고, 로버트와 나는 애팔루사를 사이에 두고 번갈아가며 고삐를 잡았다. 아버지 집까지 그렇게 우리는 갔다.

****

집에 도착하자 아버지는 미첼의 아버지를 마구간으로 불렀다. 윌리 아저씨는 말을 잘 돌보았기에, 아버지는 가장 소중한 말도 마음 놓고 맡겼다. 아저씨는 말의 소소한 질병까지도 뚜르르 꿰고 있었으며 웬만한 병은 척척 고쳤다. 말 먹이는 물론이요, 고창증(편집자 주 : 장 안에 가스가 차서 배가 붓는 병)에 이르기까지 모든 일을 담당했지만, 말을 타거나 훈련시키는 일만큼은 간여하지 못했다. 그런 일은 오로지 아버지의 몫이었다. 아저씨가 미첼과 함께 마구간에 도착했을 때, 나만 아버지와 함께 있었다. 형들은 안뜰로 막 들어갔고, 로버트는 아픈 팔을 치료하러 갔다.

"세상에, 이 말이 고스트 윈드군요!"

윌리 아저씨는 종마를 보며 감탄을 금치 못했다.

"잘 달리게 생겼는뎁쇼. 에드워드 님."

아버지가 말했다.

"기가 막히게 잘 달리는 놈이야. 하지만 훈련을 받아야겠지. 체계적으로만 가르치면 이 근방에서는 따라올 놈이 없을 거야."

윌리 아저씨가 종마의 이마를 쓰다듬으며 말했다.

"예. 이 녀석은 분명히 좋은 말입니다. 척 보면 압니다요!"

"그러니, 윌리, 털끝 하나 다치지 않도록 보살피게. 내년에는 이 말이 여러 차례 우승을 휩쓸 테니 지금부터 귀하게 모셔야 돼. 훈련이야 내가 시킬 테고, 나와 폴만 이 말을 탈거야. 폴은 말을 제대로 다루는 데다 몸도 가벼우니 앞으로 내 말의 기수가 될지도 모르거든."

금시초문이었다. 내가 고스트 윈드를 탄다는 생각은 꿈에도 못 했다! 아니 안 했다! 입이 헤벌어지지 않을 수 없었다. 어깨에 힘이 들어간 채로 미첼을 흘낏 쳐다보았다. 하지만 미첼은 벌레라도 씹은, 고까운 눈길로 나를 보다가 종마에게 눈길을 돌렸다. 아저씨가 고개를 주억거렸다.

"암것도 걱정 마십쇼. 에드워드 님. 확실하게 보살핍지요."

바로 다음 날부터 아버지와 함께 고스트 윈드를 훈련시켰다. 가끔 형들이 훈련을 도와주긴 했지만, 둘 다 학교에 가고 나면, 아버지와 나뿐이었다. 아버지는 여러 가지를 가르쳐주었다. 처음에는 나에게 고스트 윈드를 타는 걸 허락하지 않았는데, 아직은 내 솜씨를 미더워하지 않았기 때문이었다. 드디어 허락을 받던 날, 고스트 윈드의 등에 올라 고삐를 잡고 보니, 역시 상상했던 대로 구름을 타고 날아오르는 기분이었다. 그 뒤로 아버지는 매일 고스트 윈드를 잠시나마 타게 해줬다. 매일 눈을 뜨는 새벽녘부터 나는 종마에 오르는 그 순간만을 기다렸다.

드디어 종마를 혼자 탈 수 있는 기회가 찾아왔다. 아버지는 시내에 일을 보러 나가야만 하는데, 그렇다고 종마의 훈련을 건너뛰기를 원하지 않았다. 아버지는 나에게 아침과 저녁 두 번, 종마를 훈련시키되 전력질주는 하지 말라고 했다. 아버지가 나를 믿고 나에게 종마를 맡겼다는 사실에 감격스러워서 지시한 대로 철저히 따를 생각이었다. 아침이 밝자마자, 나는 고스트 윈드를 데리고 나와 초원 주위를 걸리다가 포족(편집자 주 : 앞의 오른쪽 발과 뒤의 왼쪽 발을 교대로 솟아오르는 주법)을 시켰다. 그러다가 습보(편집자 주 : 말의 네 발이 모두 지면에서 떨어지며 달리는 주법)를 했다. 늦은 오후에도 똑같은 순서로 훈련을 시켰는데, 종마를 타는 내내 미첼이 지켜보는 게 눈에 띄었다. 미첼은 숲의 가장자리에 서서, 나와 고스트 윈드가 초원을 몇 바퀴씩 도는 모습을 하염없이 눈으로 쫓고 있었다.

그러더니 우리가 그 앞을 지나가는 순간에 한마디 툭 던졌다.

"종마를 타고 있으니 지가 아주 대단한 줄로 아네."

나는 미첼을 내려다보며 걸음을 멈추었고, 바로 그 순간, 아무리 서로를 이해했다지만 미첼은 지금 나를 때리고 싶어 손이 근질거린다는 것을 알 수 있었다. 그때 나는 무엇에 홀려 그런 말을 했을까? 내가 우리 아버지의 아들이랍시고 고스트 윈드를 타고 다닌 게 마음에 걸렸던 모양이다. 그런 켕기는 마음이라면 모를까, 미첼이 두려워서 그런 소리가 튀어나온 것은 아니었다. 나는 더는 미첼을 무서워하지 않았다.

"너도 한번 타 볼래?"

내가 물었다. 미첼은 움칠 뒤로 물러섰다. 내 입에서 그런 소리가 나오리라고는 상상도 못했을 터이다. 미첼이 입을 뗐다.

"나는 타면 안 되잖아. 네 백인 아버지가 알면 날 죽일 거야."

내가 다시 물었다.

"타고 싶냐?"

미첼은 종마와 나를 번갈아 보았다.

"그러고 싶다면 어쩔래?"

"고스트 윈드를 탈 자신이 있거든, 타 봐. 말을 타고 나서, 마구간으로 데려오면 내가 말을 닦아 놓을게."

말에서 내려 미첼에게 종마를 맡겨두고 마구간으로 걸어갔다. 솔직히 말하자면, 나는 미첼이 고스트 윈드를 데리고 나를 뒤따라오리라고 예상했다. 무엇보다, 비록 내가 권했지만, 사실 미첼이 고스트 윈드를 탈 실력이 되지 못했다. 미첼은 고작 노새만 타봤을 뿐이었다. 그런 미첼이 어찌 고스트 윈드 같은 순종 명마를 타 볼 생각이 들겠는가. 하지만 미첼은 나를 따라오기는커녕 환호성을 질러댔고, 그 찰나 휙 돌아보니 미첼이 종마를 타고 초원을 달려갔다. 나는 멍하니 서서 쳐다만 봤다. 종마가 펄쩍 뛰어오르더니 초원을 벗어나 숲 속으로 달렸다. 그제야 다리와 목소리에 감각이 돌아온 나는 미첼과 종마를 따라가며 소리소리 질렀다.

"고삐를 당겨."

목이 터져라 소리치며 달렸다.

"미첼, 고삐! 세게 당겨!"

죽기 살기로 풀밭을 가로질러 달렸지만 말과 미첼을 뒤따라 잡을 수는 없었다. 둘은 내 눈 앞에서 휙 사라져, 울창한 숲의 짙푸른 그늘에 숨어버렸다. 숲길을 쫓아가다보니 나뭇가지가 우지끈 부서지는 소리와 날카롭게 질러대는 욕지거리와 거친 숨소리가 차례로 들려왔고, 내 가슴은 쿵쾅거리기 시작했다. 이윽고 둘을 찾아내고 보니, 미첼은 주저앉아 손으로 머리를 감싸고 있었고, 종마는 몇 미터 떨어진 곳에서 절룩거리고 있었다. 그저 종마만 걱정될 뿐 미첼이야 신경도 쓰이지 않았다. 그나마 종마가 등을 돌린 채 숨을 고르는 걸 보는 게 천만다행이었다.

"아, 여기 있었네! 윈드!"

부드럽게 말을 건네면서 종마에게 다가갔다.

"나야. 폴이야."

나는 살그머니 손을 뻗었다.

"어디 한번 보자. 괜찮아. 괜찮아."

종마는 처음에는 뒤로 주춤거렸다. 계속 이야기를 걸자, 그제야 손을 갖다 대도 움찔거리지 않았다. 히히힝! 울음소리를 내기에, 토닥토닥 두들기며 내가 곁에 있다는 걸 알려주었다. 종마가 안정을 찾은 듯해서, 다리를 자세히 살펴보았다. 오른쪽 앞 다리의 상처가 심했으며, 매끄럽던 하얀색 털가죽은 나뭇가지에 긁혀 여기저기 찢어져 있었다. 긁힌 부분이야 치료가 되겠지만, 다리는 어떨지 확신할 수 없었다. 고스트 윈드가 주춤거리는 모습을 보니 혹시 인대 파열이나 다리 골절이 아닐까 싶어 마음이 천근만근 무거웠다.

"말은 괜찮아?"

미첼이 일어나며 물었다.

나는 돌아보지도 않고 머리를 흔들었다.

"모르겠다. 마구간으로 데려가자."

"네 아버지가 나를 죽이겠다."

미첼의 말투는 조용조용했고, 그다지 두려운 기색이 없이 담담했다.

"물론 우리 아버지 손에 먼저 끝장이 나겠지. 그렇게 당하더라도 할 말은 없다. 네 아버지가 저 말을 보면 우리 아버지더러 당장 일을 집어 치우라고 할 텐데."

나는 미첼을 바라보다 고삐를 끌었다.

"이 녀석을 먼저 마구간에 데려 가자."

미첼은 고개를 끄덕였고, 생전 처음 미첼은 내 뒤를 따라왔다.

****

마구간에 도착하니 윌리 아저씨가 기다리고 있었다.

"아이구! 맙소사! 대체 뭔 일이냐?"

아저씨는 까무러칠 듯 놀라며 절룩거리는 종마에게 달려왔다. 허리를 구부려서 종마의 앞다리를 살펴보더니, 미첼을 죽일 듯이 쏘아보았다.

"이 새끼야! 네놈이 이 꼴로 만들었지?"

미첼이 아저씨를 쳐다보고 불퉁하게 대꾸했다.

"내가 안 그랬다고 하면 믿을 거요?"

"말해, 이 새끼야! 종마를 탔어?"

"그랬다면요?"

아저씨는 와락 달려들어 미첼의 귀싸대기를 짝! 올려붙였다.

"어디서 잘난 척이야?"

미첼은 충격으로 고개가 확 돌아갔지만 나동그라지지 않았다. 맞을 각오를 단단히 했던 모양이다. 아저씨는 고래고래 소리를 질렀다.

"뭔 짓을 했으니까, 이 종마가 이렇게 작살났지! 일을 이 꼴로 만들었으니, 욕이란 욕은 내가 몽땅 뒤집어쓰고, 일도 그만두게 생겼네! 뭔 짓을 했는지 당장 네 주둥아리로 말하지 못해!"
 미첼은 차갑게 자신의 아버지를 노려보았다. 입도 열지 않았다. 두 사람을 보니, 무슨 일이라도 터질듯해서 무서웠다. 이내 아저씨가 마구간 벽에서 채찍을 내려들었다. 그 순간, 아버지가 말을 타고 들어섰다. 아버지는 채찍을 든 아저씨의 모습을 본 다음에 미첼과 나에게 눈길을 돌리더니, 고스트 윈드로 시선이 향했다. 아버지는 말에서 내려 종마에게 다가갔다. 아저씨와 달리 아버지는 종마의 다리를 들여다보지 않았다. 그저 쓱 훑어보고는 우리 세 사람에게 얼굴을 돌렸다.
 "그래, 뭔 일이야?"
 아무도 입을 떼지 못했다. 우리는 다 같이 아슬아슬 살얼음판을 걷는 기분이었다. 아버지의 목소리는 낮았지만 그 마음은 짐작이 갔다. 가장 아끼는 말이 피를 흘리고 서 있으니, 아버지의 기분이 좋을 리 없었다. 아버지가 여전히 착 가라앉은 목소리로 말했다.
 "내가 묻고 있잖니? 대답을 해 봐."
 아버지는 미첼의 아버지를 똑바로 바라보았다.
 "윌리?"
 아저씨는 자신의 아들을 노려보며 목청을 가다듬었다.
 "그, 그러니까, 저기, 에드워드 님."
 아저씨는 말문을 열었지만 아버지를 쳐다보지 않고 고스트 윈드에게 시선을 돌렸다.
 "여, 여기 두 명이 이 종마를 저쪽 숲 속에서 데려오기에, 보니까 이렇게 온몸이 상처투성이구만요. 미첼, 이 자식이 그러면 안 되는 걸 알면서도 이 말을 탔나 본데요. 그렇게 말하고 또 말하고……."

아버지가 가로막았다,

"상처가 얼마나 심해?"

아저씨는 그제야 아버지를 쳐다보았다.

"여기 이쪽은 근육이 몽땅 찢어졌습죠."

종마의 오른쪽 앞다리로 다가서며 말했다.

"완치가 될지 모르겠습니다. 최선을 다해 보기는 하겠습니다만 예전처럼 나을지는……저도 그런 말을 차마 못하겠습니다요."

"다른 데는?"

아버지는 긁힌 상처를 훑어보며 캐물었다. 아저씨의 눈은 아버지의 시선을 따라갔다.

"저기, 그런 것들은 괜찮을 겁니다. 다만 저 다리는 자신이 없습니다요."

아저씨는 아버지에게 돌아섰다.

"자식놈 미첼이 이랬습죠, 에드워드 님. 혹시라도 이 말이 제구실을 못 한다면 저로서는 그 빚을 갚을 길이 없습니다요. 하지만 이런 짓거리를 했으니 미첼 놈에게 채찍 맛 좀 보일랍니다. 지금 당장 끝장을 냅지요."

그렇게 말하며 아저씨는 채찍을 손에 들고 미첼에게 돌아섰다.

"미첼이 안 그랬어요."

그만 엉겁결에 내 입에서 이 말이 튀어나와 버렸다. 그러자 아저씨가 우뚝 섰고 나도 그만 놀라고 말았다. 사실 미첼 때문에 나까지 곤란해졌으니 미첼이 채찍을 맞든 말든 신경 쓸 일이 아니었다.

"미첼은 말을 안 탔어요. 제가 그랬어요!"

아저씨의 채찍이 허공에서 멈췄고 아버지의 눈길이 아저씨에게서 나에게로 왔다. 하지만 미첼은 꿈쩍 하지도 않았다. 미첼은 자신의 아버지를 보지 않았고 내 아버지도 쳐다보지 않았다. 그리고 나를 보지도 않았다. 허공만 바라볼 뿐이었다. 아버지가 물었다.

"너냐? 폴, 네가 그랬냐?"

나는 아버지를 똑바로 바라보며 대답했다.

"예, 제가 그랬어요."

아버지가 깊이 숨을 들이쉬더니 고스트 윈드 주변을 빙그르 돌면서 꼼꼼하고 찬찬히 살펴보았다. 이윽고 돌아와서 바로 내 앞에 섰다.

"폴, 너는 말을 타는 솜씨가 뛰어난 걸 내가 알고 있어. 그리고 너는 고스트 윈드도 제법 잘 다룬다. 그런 네가 말을 이 지경으로 만들었다고, 지금 내 앞에서 그렇게 말하는 게냐?"

나는 다시 거짓말을 했다.

"예."

"어쩌다가?"

"예?"

"어쩌다 그랬지?"

흘깃 보니 아저씨는 아직도 채찍을 들은 상태였고, 미첼의 시선은 계속 허공에만 머물고 있었다. 아버지와 다시 눈을 마주쳤다.

"저 녀석이, 그러니까, 저 녀석이 나를 놔두고 그냥 가버렸어요, 에드워드 님. 고스트 윈드는…… 그 녀석은…… 저한테 너무 벅차요."

내가 말을 끝내자 침묵만이 움직였다. 아버지는 나를 꿰뚫어보듯 보더니 종마에게 다시 돌아서서 다리를 한 번 더 살폈다. 그리고 아저씨에게 몸을 돌렸다.

"내가 보기에는 다리가 상하지는 않은 것 같군. 시간이 지나면 좋아질 것 같은데."

아저씨도 다시 다리를 찬찬히 보았다.

"예, 주인님. 그렇게 생각은 듭니다요. 하지만 주인님이 준비해 둔 경주에 나가려면 시간이 모자랍니다요."

아버지는 일어서서 고개를 끄덕거렸다.

"빨리 회복되도록 최선을 다해 봐."

"예, 주인님."

"그리고, 월리……"

"예, 주인님."

"그 채찍은 치워. 폴이 종마를 탔다고 하잖아. 알았으니 그만 해."

아저씨는 입술을 깨물며 미첼을 보더니 다시 아버지에게 공손히 말했다.

"예, 주인님."

아버지는 아저씨가 채찍을 다시 벽에 걸어 둘 때까지 지켜보았다.

아버지가 나에게 돌아섰다.

"폴! 나를 따라와라."

아버지는 마구간을 나섰다. 아저씨는 나를 바라보지 않았다. 종마에게만 온 신경을 쏟고 있었다. 미첼을 다시 쳐다보니, 처음으로 미첼이 나를 봤다. 그러나 눈에는 아무 감정도 드러나지 않았다.

"폴!"

서둘러 아버지를 따라갔다. 내가 아버지를 따라 잡고 옆에 서서 걸었다. 거의 집에 닿을 때까지 우리는 말이 없었다.

"저에게 정말로 화나신 거 알아요."

"기분이 썩 좋지는 않구나."

"저기……고스트 윈드를 저렇게 타서 죄송해요. 다시는……다시는 안 그럴게요."

"그래, 그러진 않겠지."

"저를 때리실 건가요?"

아버지가 멈춰서 나를 보았다.

"아니, 너를 때리지 않겠다, 폴. 그 대신 벌로, 앞으로 다시는 고스트 윈드를 타지 못한다. 아마도 매를 맞는 것보다 훨씬 더 머릿속에 남겠지. 내가 허락할 때까지는 어떤 말도, 물론 애팔루사도 타서는 안 돼."

"하지만, 에드워드 님."

"종마를 책임졌으면서도 일을 이따위로 만들었잖니."

"하지만……."

"이제 그만! 미첼이 말을 탔다는 걸 내가 모를 줄 아니? 어쨌든 네가 그 대가를 치러야지."

****

다음 날이 되어서야 미첼을 만날 수 있었다.

"종마를 다치게 했다고 맞았나?"

개울로 가는 숲을 지나고 있는데 미첼이 물었다. 나는 고개를 저었다.

"아니. 다시는 고스트 윈드를 타지 못한다고 하셨어."

미첼은 내가 속상해하는 게 조금 못마땅하다는 듯 힐끔 보았다.

"매 맞는 것만큼 싫은 거냐?"

"훨씬 더."

미첼은 어깨를 으쓱거렸다.

"그럴지도 모르겠다. 매는 맞고 나면 그걸로 끝이지."

"내 생각도 그래."

그렇게 말하고 계속 걸었다.

"야, 폴!"

미첼이 뒤에서 불렀다.

"그러면 네 말 애팔루사를 타면 되겠네. 고스트 윈드를 못 타더라도 그렇게 속상할 일은 아니네."

나는 돌아서서 미첼을 바라보았다.

"아니, 애팔루사는 물론이고 다른 말도…… 아버지가 허락할 때까지는 안 돼. 화가 엄청 나셨어."

미첼은 순순히 인정했다.

"종마가 온통 긁히고 멍투성이니 그럴 만하지. 우리 아버지는 나 때문에 일자리를 잃을까 봐 겁이 났던 거야."

"알아."

"네 백인 아버지가 그렇게 무섭게 굴지 않았더라면 우리 아버지도 안 그랬어."

미첼은 예전처럼 싸우려는 기세로 나를 쳐다보았다. 나는 미첼을 똑바로 쳐다보았다.

"알아."

미첼의 마음은 누그러진 것 같았다. 나는 고개를 끄덕거리고 다시 돌아서 갔다.

"폴!"

미첼이 다시 한 번 나를 불러 세웠다.

"그러니까, 내가 종마를 탄 걸 아버지가 알았으면 나를 죽이려 들었을 거야. 아버지에게 매를 맞았으면, 알지? 반쯤 죽어!"

"네가 고스트 윈드를 안 타서 정말 다행이구나. 그치?"

내가 말했다. 미첼은 고개를 끄덕였는데, 그 이야기를 통해 미첼은 아닌 척하며 고마움을 내비쳤고 나 역시 미첼의 감사의 뜻을 모르는 척 받아들였다. 하지만 그 사건 이후로 미첼과 나 사이는 변했다. 그러니까, 가장 친한 친구는 아니더라도 새로운 관계로 접어든 셈이다. 나는 우리 둘 다 여태까지는 서로에 대한 생각이 진실 된 근거에 두지 않았다는 짓을 깨달았다. 우리 둘은 상대에게서 전혀 몰랐던 점을 발견했으며, 그걸 깨닫는 순간 우리 사이는 휴전의 단계에서 존중의 국면으로 들어섰다.

가족

　나는 아버지의 땅을 사랑했다. 처음에는 그 땅을 내 땅이기도 하다고 생각했다. 구석구석 내 발길이 닿지 않는 데가 없었다. 평지와 언덕, 구릉과 동굴, 옹달샘, 풀과 나무를 속속들이 알았다. 가장 좋아하는 곳은 숲 속에 자리 잡은 못이었고, 목장과 아버지 집이 내려다보이는 언덕도 즐겨 찾던 곳이었다. 못 둘레에는 오래된 아름드리 소나무들이 우거져서, 햇빛이 부서지며 내려왔고, 물속에는 물고기가 떼를 지어 헤엄쳐 다녔다. 언덕에는 나무 몇 그루만 드문드문 서 있어 햇빛이 그냥 쏟아졌으며, 아래쪽 목장에는 소와 말들이 점점이 흩어져 풀을 뜯었다. 수 없이 많은 날, 연못이나 언덕에 홀로 앉아서 시간이 가는 줄도 모르고 땅을 바라보았다. 가족들은 아버지 집이나 엄마 집 근처에서 나를 못 찾으면, 어디로 가 봐야 할지 알고 있었다.
　음, 내가 좋아하던 또 한 가지로 책을 꼽아야겠다. 손에 잡히는 것은 닥치는 대로 읽었다. 특히 못가에서 책 읽기를 좋아했으니, 로버트와 낚시할 때만 빼고 늘 책을 들고 다녔다. 사람들은 그런 나를 보고 으레 그러려니 했다. 하지만 책 때문에 동네의 유색인 아이들과 마찰을 빚었고, 옥신각신 하던 중에 미첼이 나를 구해준 사건이 있었다. 동네 아이들이 몰려오더니, 나를 놀려댔다. 모두 넷이었는데, 형제들도 내 곁에 없었고 심지어 미첼도 없었는데, 그걸 안 그들은 절호의 기회라고 생각한 모양이었다.

알티 로버츠라는 아이가 비아냥거렸다.

"꼬마 깜둥이잡종께서 둑에 앉아 빈둥거리는군. 할 일 없어서 앉아서 그저 바보 같은 책만 읽는단 말이지."

다른 아이가 거들었다.

"우리 아버지도 여기 땅을 가진 백인이라면, 나라도 손끝 하나 까닥 안 하겠네."

나는 그 아이들을 올려다보았지만 아무 말도 안 했다.

"거기 뭐가 들었는지 한번 보자! 흰 깜둥아!"

알티가 말했다. 그러면서 책을 낚아챘다. 순간 벌떡 일어났지만 꾹 참았다.

"어디 한번, 여기에 뭐가 있는지 볼까나."

알티가 책장을 후루룩 넘겼다.

"그림도 없네."

한 아이가 고개를 빼끔 내밀고 말했다.

"그 글자는 뭐라는 거냐?"

다른 아이가 슬쩍 쳐다보며 물었다.

알티가 대꾸했다.

"몰라. 백인들 글자라는 것만 알아."

알티가 나를 보았다.

"백인들 말을 대체 자네는 어디에 쓰는 게야?"

알티는 유색인을 호통 치는 백인 흉내를 내며 나에게 소리쳤다. 알티와 아이들에게서 폭소가 터져 나왔다. 나는 침묵을 깨고 말문을 열었다.

"그건 영어라고 해. 읽고 싶은 사람은 읽기를 배우면 돼."

아이들은 내 말에 코웃음을 쳤다.

"그래서 네가 미첼을 가르치듯 우리도 가르쳐 주시겠다. 그러셔?"

나는 어깨를 으쓱 올렸다.

"배우고 싶다면 그렇게 해줄게."

다른 아이가 비웃었다.

"아하, 드디어 우리에게 학교가 생겼으니 뭐든 배우고 싶으면 찾아가면 되겠네. 그런데 우리는 댁 같은 인간들에게 배울 게 없는데 말씀이야. 그러니까 댁하고 댁의 백인 아버지한테 말이야."

그쯤에 나는 아버지 문제로 걸핏하면 시비를 거는 아이들에게 짜증이 나 있었다. 아버지가 백인이란 게 내 책임은 아니었다. 그럴 바에야 약점인 양 물고 늘어지는 백인 아버지를 이용해 한 방 먹여야겠다는 생각이 들었다.

"어쩔래? 우리 아버지는 백인이고, 너희들은 모두 우리 아버지 땅에 살고 있어. 다들 여기를 뜨고 싶은 모양이지?"

아버지를 입에 올렸던 소년이 나에게 다가서자 알티가 손을 잡고 막

가족

았다.

"자, 잠깐만! 잠깐만! 여기 폴이라는 자식은 읽기에 대해 제대로 이해했나 봐. 잘하면 뭔가 가르치겠는걸. 그러니까, 우리에게 읽는 방법도 가르쳐 주시겠고……."

알티는 책을 한 장 찢어 나에게 내밀었다.

"거기는 그렇게 하면 안 돼!"

나는 비명을 질렀다.

"거기가 아니면 여기인가벼?"

다른 아이가 다시 한 쪽을 쭉 찢었다.

"그러지 마!"

알티가 말했다.

"그거 알고 있냐? 나는 이 책이 눈곱만큼도 마음에 안 들거든. 그림이 없어서 말이야. 그런데 나는 마음에 안 들면, 도저히 못 참겠더라!"

그러더니 책을 몇 장을 움켜잡고 우두둑 뜯어냈다. 나는 알티에게 달려드는 순간 내 힘을 다하여 주먹을 날렸다. 싸움에서 방어하는 기술을 배웠다고 쳐도, 아이들 4명을 한꺼번에 상대하기는 무리였는데, 그 사실을 아이들이 몸소 확인시켜 주었다. 모두 키득거리더니 한꺼번에 나를 두들겨댔다. 미첼이 나타날 때까지!

갑자기 정적이 감돌아서 보니 미첼이 거기 있었다. 바로 전에는 알티가 내 얼굴을 가격하던 중이었다. 그런데 알티가 느닷없이 몸을 세우나 싶더니 퍽! 천둥처럼 요란한 소리와 함께 땅바닥에 쭉 뻗었다. 퉁퉁 부은 눈 사이로 미첼이 보였다. 미첼은 알티를 내려다보며 나를 가리켰다.

"자, 누구라도 저 녀석을 건들고 싶으면 먼저 나랑 붙어야 해."

미첼의 목소리는 착 가라앉아 있었다. 모두들 처음에는 쥐죽은 듯 가만히 있더니, 잠시 뒤에 한 명이 멋쩍은 듯 웃음을 흘렸다.

"아, 미첼. 그냥 장난친 거야."

다른 아이가 맞장구쳤다.

"맞아, 저 자식이 이유도 없이 알티에게 덤벼들었어. 먼저 시작했다고. 맞아도 싸!"

알티도 한마디 했다.

"그래! 저 자식은 지네 아버지가 백인이라서 다 지 세상인 줄 알아. 흰 깜둥이가 우리를 패는 것은 못 참아. 지가 우리보다 잘난 게 뭐가 있어!"

"자기 입으로 잘났다 그러디?"

미첼이 물었다.

"음…… 직접 말한 건 아니지만 그런 거나 마찬가지야. 저기 앉아서 책을 읽더라고."

미첼은 바닥으로 눈길을 돌렸고 찢어진 종이와 진흙 속에 엎어진 책을 보았다.

"음……그래, 폴이 시작했다더니 뭔 말인지 알겠다. 그러니까 지 혼자서 책을 찢고 네들에게 성질을 부렸단 말이지. 정 싸우고 싶으면 이 녀석과 1대1로 정정당당하게 붙어. 아까처럼 한꺼번에 우르르 달려들지 말고. 그랬다가는 이 녀석이랑 한편이 되어 상대해 주마!"

알티가 쭈뼛쭈뼛 일어나, 미첼에게 맞아 흐르는 피를 쓱 닦아내며 볼멘소리를 했다.

"야, 미첼! 너 왜 저 자식 편을 들어? 원래 저 자식이라면 네가 먼저

이를 바득바득 갈았잖아. 저놈을 팬 것은 항상 너였어!"

"그래, 그랬어. 근데 내가 누구랑 같이 그러디? 아까 말했듯이 저 녀석이랑 싸우는 건 상관 안 해. 단 아까처럼 한꺼번에 두들겨 패면 내가 폴을 도와줄 거야. 거기에 대해 불만 있어?"

알티가 아이들을 쓱 훑어보고 나서 미첼에게 고개를 흔들었다.

"아니, 없어."

미첼이 됐다는 듯 고개를 끄덕였고, 좀 전의 불퉁대던 분위기는 봄눈 녹듯 사라졌다.

"야, 수레가 진흙길에 빠졌거든. 꺼내려고 하는데 좀 도와줄래?"

"어, 그럼, 당연하지."

아이들은 미첼의 부탁을 받고 아주 기꺼워했다. 미첼이 한마디 덧붙였다.

"먼저 폴의 책에서 찢어낸 종이를 좀 집어야겠다. 그래야 쟤가 다음에라도 성질을 안 부리지."

알티와 다른 애들은 미첼이 시키는 대로 했다. 그러고는 모두 미첼의 수레를 꺼내주러 갔다. 미첼이 나를 도와주었으니 나도 그러고 싶었으나, 미첼이 부탁하지도 않았을 뿐더러, 내가 따라가기를 다른 아이들이 원하지 않는다는 걸 난 알고 있었다. 쌍수를 들어 반기지도 않는데 굳이 가고 싶지는 않았다.

아이들이 가고나자 나는 둑에 홀로 앉아 찢어진 책을 모았다. 군데군데 구겨지고 진흙이 묻었지만 그래도 읽을 만했다. 닦고 또 닦은 뒤에 순서대로 정리해서 표지 안에 끼웠다. 잠시 앉아서 떼를 지어 덤비던 아이들을 생각했다. 그러고는 금세 책으로 빠져 들었다. 오른쪽 눈이 퉁퉁 부었지만 말이다. 알티와 아이들이 아무리 무식한 짓거리를 했기로서니 하던 일을 그만둘 수는 없었다. 미첼이 다시 돌아왔을 때 나는 한참이나 앉아 괜찮은 외눈으로 책을 읽고 있었다. 미첼이 말을 건넸다.

"여기에 있을 것 같더라. 책이 지겹지도 않냐?"

미첼을 올려다보았다.

"하나도 안 지겨워."

미첼은 정말 모르겠다는 듯이 고개를 저으며 앉았다.

"수레를 꺼냈다."

"잘됐다."

"알티랑 아이들은 너한테 할 말이 많더라."

"그랬겠지."

"아이들에게 겁을 줬다면서."

"겁을 줬다고?"

"그래. 애들더러 여기는 네 아버지 땅이니 까불지 말고 나가라고 말했냐?"

나는 잠시 가만히 있었다.

"어쩌다 그런 말이 나왔어? 폴! 걔들이랑 잘 지내고 싶긴 하냐? 도대체 네 백인 아버지를 왜 그렇게 거들먹거려?"

"내가 거들먹거린 게 아니야. 그 자식들이 그랬지."

미첼이 말했다.

"아무리 그랬더라도, 네 아버지는 지주고, 게다가 백인지주잖아. 꼭 아이들 앞에서 목에 힘을 줘야겠냐?"

"우리 아버지가 누구냐를 가지고 나에게 뭐라고 할 자격이 있는 놈은 아무도 없어. 나는 내 자신이 하나도 안 부끄러워. 우리 아버지도 하나도 안 쪽팔려."

미쳴은 잠자코 있었다. 나는 책을 덮고 미쳴을 쳐다보았다.

"내가 쪽팔려 해야 되냐?"

미쳴이 나를 보았다.

"그렇지는 않겠지. 아버지가 백인이면 어떤 기분일까 생각해봤어. 아무리 아버지라고 해도, 따지고 보면 너랑 네 엄마의 주인인데, 사랑할 마음이 생기냐? 네 형제이긴 해도 어른이 되면 다들 주인행세를 할 테고, 너는 그냥 깜둥이로 살아갈 텐데. 그럼 미치지 않겠냐?"

나는 둑에서 일어났다.

"우리 형제들은 깜둥이라는 말은 쓴 적도 없고, 앞으로도 그럴 거야."

"왜 그렇게 생각하는데?"

"우리는 가족이니까."

미쳴은 고개를 끄덕이더니 못으로 얼굴을 돌렸다.

"정말 모르겠다."

"나는 가야겠어. 사냥하러 말이야."

"누구랑?"

"우리 아버지랑."

미쳴은 나를 바라보며 한마디만 했다.

"그럼, 사냥 잘해라."

****

"미쳴이 너를 또 때린 거냐?"

그날 저녁, 텐트를 세우면서 아버지가 물었다.

"아니요, 다른 아이들이요."

"그 녀석들은 멀쩡하고?"

아버지를 보고 싱긋 웃었다.

"제 꼴이랑 비슷해요. 미첼이 도와줬어요."

아버지는 고개를 끄덕였고 함께 장작불을 준비했다. 밤이 이슥해지면 너구리를 잡고, 아침에는 야생 칠면조를 사냥할 생각이었다. 아버지는 나를 자주 사냥에 데려갔다. 전에는 아버지가 형제들 모두를 데려갔지만, 이제 형들은 각자 사냥을 다녔다. 아버지는 로버트와 나만 데려가기도 했다. 하지만 각별하게 다가온 것은 아버지와 단둘이서만 가는 사냥이었다. 아버지를 독차지할 수 있는 소중한 시간이었다. 나는 아버지에게 많은 걸 배웠다. 내 어린 눈에는 우리 아버지가 최고였다. 지금 그런 사실을 고백한다고 해도 쑥스러울 게 없다. 그 시절, 나는 아버지를 흠모했다.

사냥에 데려가면, 아버지는 어린 시절의 이야기를 도란도란 들려주었다. 나를 보고 있으면 자신의 어린 모습이 떠오른다는 아버지의 말은 나를 자랑스럽게 여기게 했다.

"너는 나를 많이 닮았다."

한번은 이런 이야기도 했다.

"나도 어렸을 때, 책과 말을 사랑했지. 이 땅도 사랑했다. 우리 할아버지는 내가 태어나지 않았던 때부터 이 땅의 주인이었고, 한 세기나 먼 일이었지. 주변에는 인디언들도 많이 살았지. 내가 어릴 때만 해도, 인디언들과 알고 지내면서 여러 가지를 배웠다."

가족

이야기를 듣자 내 몸에 흐르는 인디언 피가 생각이 났다.

"에드워드 님, 우리 엄마의 아버지를 보셨나요?"

캐시 누나와 엄마가 그랬듯이, 나는 언제나 아버지를 에드워드 님이라고 불렀다. 어쩌다 아버지와 엄마, 단둘이 있을 때, 엄마가 에드워드라고 부르기도 했지만 그건 그때뿐이었다. 처음에 나 혼자 존칭을 쓰고 로버트나 형들은 '아버지'라고 부르니 기분이 야릇했다. 아무리 어려도 누나와 내가 아버지라고 부르면 엄마에게 혼찌검이 났다. 혹시라도 말실수했다 싶으면, 엄마가 우리를 볼기짝이 뜨끈해질 정도로 두들겨 팼다. 로버트나 형들처럼 아버지라고 부르면 왜 안 되냐고 물었을 때 엄마의 대답은 간단했다.

"걔들은 백인이고 너는 아니잖아. 그리고 걔들 엄마가 아버지의 법적인 부인이야."

그다음부터는 그런 질문을 두 번 다시 하지 않았고, 아버지가 아닌 양 아버지에게 호칭을 붙이기로 했다. '에드워드 님'이라는 호칭은 시간이 흐르면서 '아버지'라고 부르는 것과 똑같은 느낌이 되었다. 최소한 내 마음속에서는 그랬다.

아버지가 우리끼리만 있을 때에는 나를 '폴 에드워드'라고 불러주었다. 엄마는 나를 아버지의 이름인 에드워드를 붙이길 원했기 때문이다. 그러나 아버지는 백인 아내와 낳은 아들 중에 에드워드라는 이름이 없다며, 엄마의 부탁을 거절했다. 아버지는 백인 아내를 존중하는 뜻에서 나에게 정식으로 그 이름을 붙여주진 않았지만, 가끔 나를 폴 에드워드로 불렀다. 기회가 닿을 때마다 아버지는 그 이름으로 불러주었고, 엄마와 누나도 가끔 그 이름으로 불러주었다. 하지만 우리끼리 있을 때뿐이었다.

아버지는 인디언 할아버지에 대해 이야기해 주었다.

"아니, 네 외할아버지를 만나지는 못했다. 하지만 이야기는 들었지. 우리 아버지가 나에게 들려주셨다. 성함은 '카나티'이었다. 행운의 사냥꾼이라는 뜻이란다. 군인들이 쫓아내기 전에 그분은 부족민과 함께 앨라배마 서쪽 미시시피로 떠났다는구나. 우리 아버지 말에 의하면 네 할애비 카나티는 부족이 떠나야 한다고 생각했던 게야. 우리 아버지처럼 인디언의 영토를 원하는 사람들이 있었거든. 아무래도 다른 방법이 없었을 게다. 군대가 카나티 부족을 몰아내려고 출발하자, 네 외할아버지는 백인도 인디언도, 어느 쪽도 희생되는 것을 원치 않았기에 여기를 떠난 거야."

"외할아버지에 대해 알고 싶어요."

"네 엄마도 그랬지. 항상 그분에 대해 알고 싶어 했다."

"우리가 그분과 만나게 될까요? 그러니까 외할아버지께서 돌아오실까요?"

아버지는 내 눈을 응시하며 언제나처럼 진심으로 대답했다.

"그럴 것 같지는 않구나. 폴."

내가 말했다.

"여기는 원래 외할아버지 부족의 땅이었잖아요."

아버지는 인정했다.

"사실이다. 그래서 네가 이 땅에 애정을 느끼나 보다. 자식들 중에 너와 로버트가 이 땅에 가장 큰 애정을 느끼더구나. 네 형들도 이곳을 고향처럼 사랑하겠지만, 하몬드야 결국 다른 지역에서 사업을 벌일 테고, 조지는 군인이 되려고 하겠지. 그러니 내가 떠나면 너와 로버트가 이곳을 보살펴야 할 게다. 로버트는 땅을 사랑하고 머리가 영리하지만, 고된 농장관리를 감당할지 의심스럽구나. 게다가 로버트는 가축, 특히 말에게 관심이 없어. 내 이야기는 제대로 돌보지 못한다는 뜻이 아니라, 말에게 정을 못 느낀다는 게야. 그런데 너는 다르지. 네가 말을 다독일 때나 몰고 가는 솜씨를 보면 나도 깜짝 놀라."

아버지가 그렇게 말하자 내 자존심이 부풀어 올랐다.

"나도 어렸을 때, 꽤 말을 잘 타는 편이었지만. 너는 훨씬 나은 것 같더구나. 너는 동물을 아는 것 같아. 로버트는 모르는 것 같고. 하지만 로버트도 이 땅을 사랑해."

"우리가 함께 이 땅을 보살필게요."

그거야 말로 내가 꿈꾸어오던 것이었다. 아버지가 상념에 잠긴 채 말했다.

"혹시 그렇게 될 수도. 하지만 어른이 되면 너는 이곳을 떠나고 싶어 할 게야. 그리고 네 땅을 갖고 싶을 거야."

나는 어리둥절했다.

"떠난다고요? 제가 왜 여길 떠나겠어요?"

아버지는 그저 그렇게 말할 뿐이었다.

"언젠가는 그 물음에 대한 답을 스스로 깨닫게 될 게다."

그 이후에도 여러 번 사냥을 다녔지만, 나는 그 물음을 해결할 수 없었다. 나로서는 여기를 뜰 이유가 전혀 없었다. 그런데 아이들이 나를 때리고 책을 찢어버리던 바로 그날 밤, 아버지가 느닷없이 말을 꺼냈다.

"멀리 있는 학교로 너를 보내기로 결정했다."

장작불 너머로 아버지를 바라보았다.

"예?"

"너를 공부도 시키고 직업기술도 가르쳐야겠다. 너도 먹고 살 방법을 찾아야지."

나는 더듬거렸다.

"하, 하지만, 저는 벌써 많이 아는걸요. 여기에서 공부도 했고 아버지랑 형들이 모두 나를 가르쳐……."

"여기서 우리가 가르친 것은 기초에 불과해. 이제, 조지아와 다른 곳에도 유색인학교가 열린다니, 너 같은 아이들도 고등교육을 받을 수 있겠구나. 메이콘의 학교에서는 시간제로 일을 해도 되고, 원한다면 공부를 계속해도 된다. 나는 네가 앞으로도 살면서 써먹을 만한 기술을 배웠으면 좋겠다. 네 입에 풀칠을 할 수 있는 일을 말하는 거야."

"말 훈련 같은 일이요?"

"아니, 목공일 같은 것이지. 나무 조각들을 잇는 단순한 일뿐만 아니라 아주 근사하고 고급스러운 가구를 만드는 기술까지 말이다. 앞으로도 계속 쓸모가 있을 거야. 예수님도 목수셨어. 그러니 이보다 더 좋은 기술은 없을 거야. 말 훈련 기술도 밥벌이에 도움이 되겠지만 목공일은 수입이 좋고 안정적인 데다 앞으로 필요로 하는 곳도 많을 것 같구나. 폴 에드워드, 넌 손재주도 있고 아주 영리해. 마음만 먹는다면 뭐든지 잘 배울 거야. 메이콘에 아는 사람이 있어서 거기로 너를 보내련다. 그 근방에서 가구를 가장 솜씨 있게 만드는 장인이야. 많은 걸 배우게 될 거야. 거기에서 학교도 다니고."

"그러면 로버트도 저와 같은 학교에 가나요? 그 사람에게 일을 배우나요?"

"아니. 로버트도 학교에 보낸다마는 거기가 아니란다. 사바나의 남학교에 보낼까 생각중이다."

나는 어리둥절했다.

"왜 우린 함께 가면 안 되나요? 항상 함께 공부했는데요. 지금은 왜 안 되지요?"

아버지는 잠시 머뭇거리다가 대답을 했다.

"너희들이 컸잖아."

"그게 무슨 상관인데요?"

"아, 상관있지. 모든 게 상관이 있지. 로버트는 교육이 필요하고 너도 마찬가지야. 그렇다고 둘 다 함께 배우는 것은 안 돼."

"왜요?"

"로버트는 백인이고 너는 유색인이야. 너희를 같은 학교에 보낼 수 없어. 그건 알겠지? 공부하는 내용이 같을 수도 없어. 너희 둘에게 각자 가장 맞는 길을 찾아주려는 거야. 나중에 어른이 되어 다른 일을 하고 싶다면 그때는 네 마음대로 해라. 하지만 지금은 시키는 대로 따르렴. 가을이 되면 로버트는 사바나로 가서 학교에 다니고 너는 메이콘으로 가서 기술을 배우는 거야. 그 길밖에는 없구나. 내 생각에는, 너희 둘을 위한 가장 좋은 선택으로 보인다."

나는 그게 왜 우리를 위한 최상의 길인지 이해할 수 없었고, 로버트도 이해 못 하기는 마찬가지였다. 사냥을 다녀온 다음 날에 예전에 그랬듯이, 아버지 집에서 밤을 보냈다. 로버트와 함께 누워서 잠을 청하는데 로버트가 말을 걸었다.

"아버지가 우리를 학교에 보낸다는 말 하시던?"

"응."

우리는 둘 다 침묵에 잠겼다. 달빛이 둘 사이를 어른거리는데 로버트가 입을 뗐다.

"휴, 나는 가기 싫어. 너도 없는 사바나 학교 따위에는 가고 싶지 않아, 정말!"

"그래, 나도 메이콘에 가는 게 내키지 않아. 차라리 여기에 그냥 있었으면 좋겠어."

로버트가 맞장구쳤다.

"나도 그래."

"하지만 아버지는 나보고 기술을 배우래. 너도 공부해야 되고."

로버트가 깊은 한숨을 쉬었다.

"우리가 같은 학교에 다니면 얼마나 좋을까."

"아버지가 절대로 안 된대."

달빛만 비출 뿐, 온통 캄캄했지만 로버트의 시선이 느껴졌다.

"야, 폴, 나는 그게 싫더라. 우리가 완전한 형제가 아니라서 싫어."

로버트는 전에도 그런 말을 했다. 심지어 우리 엄마가 자기 엄마라면 좋겠다고 한 적도 있었다. 더 어려서는 우리 엄마를 친엄마라고 믿었다. 태어나자마자 친엄마가 죽어 우리 엄마가 로버트가 아는 유일한 엄마였기 때문이었다. 로버트가 말했다.

"나하고 너하고 피부색이 다르다고 생각하는 사람들이 싫어. 사람들이 우리를 똑같이 봐주면 좋겠어."

"어느 쪽으로 같은 것? 하얀 쪽? 다른 쪽?"

가족

로버트는 머뭇거리지 않고 대답했다.

"나는 상관없어. 우리가 똑같기만 하면."

"너도 잠시라도 유색인으로 살아보면 그런 말 안 할걸."

그 말을 듣고 로버트는 입을 다물더니 어쩔 수 없이 인정했다.

"어쩌면 그럴지도……. 하지만 꼭 해 줄 말이 있어. 폴, 너는 형들과 좀 다르게 느껴질지도 모르지만, 나와는 아무 차이가 없다는 걸 알아 둬. 나는 사람들이 반쪽 형제라고 부르면 화가 나. 어떻게 우리가 반쪽짜리 형제야? 형제면 형제고, 아니면 아닌 거지."

내가 결론을 내렸다.

"그런데 현실은 그러잖아."

"희망을 말했을 뿐이야."

"그게 진실이야."

우리 사이에 한 번 더 침묵이 내려앉았다. 로버트가 침묵을 깨고 말했다.

"아무튼 너와 그렇게나 멀리 떨어진 학교에 다녀야 한다니, 정말 싫다 싫어."

"그렇다고 세상이 끝난 건 아니야. 여름이 되면 만나잖아."

나는 좋은 쪽으로 생각하기로 마음먹었고, 현실에 충실하기로 했다.

"아버지가 결정하신 거야. 우리가 어떻게 안 된다고 하겠냐?"

서로를 물끄러미 보았다. 아버지는 한번 내린 결정을 바꿀 사람이 아니었다. 그리고 우리 둘에게 가장 적절한 학교로 보낸다고 생각하고 있었다. 그래도 나는 로버트와 나 사이에 생긴 틈을 느끼지 않을 수 없었다.

****

로버트와 내가 학교에 가기 전 여름, 내게는 가족이 두 종류가 있다는 결론을 내렸다. 미첼과 미첼이 던진 말 때문에 그런 사실을 깨달았고 또 한 편으로는 성장통과 몇 가지 사소한 일이 원인이었다. 가족의 한쪽에는 백인 아버지와 백인 형제들이 있었고, 엄마와 누나와 나는 다른 쪽에 있었다. 비록 처음부터 우리 사이에는 다소 벌어진 틈이 있었고 엄마와 누나, 나는 다른 집에 머물렀지만, 나에게는 이상할 게 없었다. 우리 모두는 항상 아버지 집에 모였고, 내 옆에는 백인 아버지와 형제들이 있었으니 말이다. 그렇게 모든 게 연결되어 있었지만 피부색에 따라 나뉘어져 있었다. 커갈수록 나에겐 모든 게 달라졌다. 아주 어린 시절, 미첼과 아이들이 나를 괴롭히기 전에는 아무런 차이점도 느끼지 못했다. 엄마와 누나와 나는 피부가 하얗지 않고 아버지와 형제들은 하얗다는 사실까지도 의식하지 못했다.

피부색 때문에 고생 한 적이 없어서 그랬을지도 모른다. 내가 태어났을 때에는 아직 전쟁 전이라 엄연히 노예제도가 존재했지만, 나는 노예로 대접받지 않았다. 내가 아주 어렸던 1870년대 초에 아버지의 농장은 4년에 걸친 전쟁으로 점점 몰락해갔다. 농장이 몹시 황폐해지는 바람에 환금성 작물은 아예 기대하지 못했으며, 전쟁 통이라 곡식은 물론이요 가축까지도 징발 당하였다. 하지만 지금은 형편이 나아졌다. 전쟁터에서 돌아온 아버지가 농장을 다시 일으키기 시작했던 것이다. 아버지의 부모님인 린제이 로건과 헬렌 로건이 전쟁 중에 유행성독감에 걸려 세상을 뜬 데다, 동생까지 불의의 사고로 죽게 되자, 아버지는 혼자서 모든 짐을 걸머졌다. 땅의 일부를 세금으로 지불하거나, 다른 이에게 벌목을 허용하기까지 했다. 고향과 텍사스를 오가면서 말들을 거래하기도 했다. 엄마는 전쟁 직후는 물론이고 그 후에도 하루하루 고생한 일과, 땅을 지키려는 아버지의 처절한 노력을 들려주곤 했다. 엄마는 고달픈 노예시절 이야기를 들려주었는데, 전쟁이 사람들의 생각을 완전히 바꾸지 못했다고 씁쓸해했다. 전쟁 전에도 백인들이 세상을 지배했는데, 지금도 여전히 백인들이 세상을 지배한다고 했다.

물론 나야 워낙 어렸을 때라 노예제도는 물론이고 전쟁조차 기억을 못 하지만 엄마가 하고픈 이야기를 어렴풋이 알 듯했다. 백인들이 유색인에게 거들먹거리거나 유색인이 백인에게 쩔쩔매며 말하는 모습을 보면 엄마의 말이 가슴에 와 닿았다. 아버지의 땅에서 살고 있는 유색인의 오두막과 입는 옷, 먹는 음식을 봐도 엄마의 말이 맞았다. 아버지와 함께 시내에 들렀을 때에도 마찬가지였다. 백인 세상이었다. 그래도 내가 아직 어렸기에 백인들이 그다지 괴롭히진 않았다. 어렸을 때는 내 삶과 내 가족을 있는 그대로 받아들였다. 아버지와 형제들을 따라 들에서 일했으며, 일이 끝나면 말과 가축을 기꺼이 돌보았다. 말은 나에게 노동이 아니라 순수한 기쁨이었다. 할 일이 없을 때면 항상 아버지와 형제들과 함께했고, 때로는 아버지의 사업상 여행을 형제들과 함께 따라나섰다. 어렸을 때, 나는 언제까지나 아버지의 땅에서 살 줄 알았다. 무슨 일이 있더라도 떠날 생각이 없었다.

내 삶은 좋았다.

하지만 나이가 들어갈수록, 누나와 내가 아버지나 백인 형제들의 삶에 동참할 수 없다는 사실을 깨달아갔다. 손님들이 저녁 식사를 하러 오면 누나와 나는 아버지의 식사 테이블에 앉을 수 없었다. 형들과 로버트는 아버지와 같은 식탁에 앉아 있는데…….

집에서 모임이 열릴 때, 우리는 함부로 집 안을 나다니지 못했다. 부엌에서 자리를 지키노라면, 한쪽에서는 엄마를 비롯해서 여러 유색인들이 손님에게 대접할 음식을 준비했다. 왁자지껄한 사회적 모임이 자주 벌어진 것은 말할 필요도 없다. 아버지는 성격이 조용하고 가족을 소중히 여기는 분이었지만, 잘 나가는 사업가이고, 근방의 거의 모든 사람들과 친분이 있다 보니, 언제나 우리 집에서는 사회적 교류가 있었다.

잘 나가는 사업가라고 해서 다 부자라는 소리는 아니다. 수년 동안 지속된 전쟁 때문에 백인이건 유색인이건 남부 사람 중에서 부자는 몇 없었다. 그러나 아버지는 수입이 좋았다. 그래서 그 당시 나는 14살쯤이었는데, 무엇 하나 아쉬운 게 없었다. 그건 누나나 형제들도 마찬가지였다. 아버지는 예전의 다른 지주들처럼 수백만 제곱미터의 경작지를 소유하지도 않았고, 수백 명의 노예를 부리지도 않았을 뿐, 웬만한 넓이의 땅과 거기에서 일할 만큼의 소작농을 거느릴 형편은 되었다. 그 정도면 지역유지로 활동하기에는 충분했다. 아버지가 노예 여자와 자식을 따로 두기는 했으나 사회활동에 흠이 되지는 않았다. 혹시 아버지가 드러내놓고 사회규범을 무시했다면 그랬을지도 모른다. 즉 누나와 내가 찾아온 손님들과 함께 아버지 식탁에 앉게 했더라면 사회활동에 지장이 많았을 것이다.

어렸을 때, 부엌으로 쫓겨나든, 밖에 나가 있든 개의치 않았던 이유는 로버트가 함께 있었기 때문이다. 하지만 철이 들어가자, 로버트는 손님 옆에서 자리를 지켜야만 했다. 처음에 로버트는 나 없이 혼자서는 있지 않겠다고 우겼다. 로버트의 고집은 로버트의 외할머니조차도

꺾지 못했다. 로버트의 외할머니는 아버지의 식탁에 앉아 외손자들의 몫까지 가져가는 누나와 나를 노골적으로 경멸했던 분이다. 친딸인 로버트의 엄마가 죽자, 로버트의 외할머니는 사위인 아버지의 집에서 머물렀다. 물론 그 당시에 나는 세상물정 모르는 아이였기에 몰랐지만, 나중에는 로버트 외할머니의 증오가 느껴졌다. 할머니는 아버지의 집에서 눌러살면서 집안일을 총괄해 나가기 시작했다. 내 기억을 더듬어 보자면, 할머니는 엄마뿐만 아니라 누나와 나까지 힘들게 했다. 식사 시간에 아버지가 자리를 비운다 싶으면, 누나와 나를 식탁에서 쫓아냈다. 그럴 때마다 로버트는 나를 따라왔고, 할머니조차도 로버트를 어쩌질 못했다. 그보다 더 나쁜 것은 우리에게 더는 잔혹할 수 없는 말을 퍼붓는 일이었다.

"진드기 같은 것들! 한번 잠자리에 들이니, 절대로 떼버리지를 못하겠네."

할머니는 아버지의 면전에다 대놓고 이렇게 말했다. 아버지가 할머니 이름을 부르며 제지했으나, 누나가 식탁에 앉아 있었다. 누나는 식탁에서 벌떡 일어나더니 접시를 바닥에 내동댕이쳤다. 누나가 미친 듯이 날뛰며 소리를 질렀다.

"무슨 말인지 내가 모를까 봐요? 다 안다고요! 끔찍한 할망구! 일어나! 폴!"

나는 뜻도 모르고 그냥 따라서 일어났다. 하지만 아버지가 앉으라고 해서 다시 앉았고, 누나는 뛰쳐나갔다. 나중에 로버트가 아버지에게 물었다.

"외할머니를 가시라고 하면 안 돼요?"

나는 로버트 옆에 서 있었다. 아버지는 나를 흘낏 바라보더니 로버트에게 대답했다.

"외할머니는 네 엄마의 엄마이시니 잘 해드려야 해."

"외할머니는 폴과 캐시 누나를 함부로 대하잖아요."

아버지는 고개를 끄덕였다.

"내가 잘 말씀 드려보마."

"외할머니는 들은 척도 안 할걸요!"

아버지가 설명했다.

"설령 그렇다고 해도 외할머니는 여기에서 사실 거다. 외할머니는 네 엄마의 엄마니까, 외할머니가 여기에 계시고 싶다면 여기에 계시는 거야. 너희 둘은 물론이고 집안의 사람들도 모두 외할머니의 심기를 거스르지 마라."

아버지의 눈길은 우리를 지나서 현관에 서 있는 엄마에게 머물렀다. 로버트의 외할머니는 몇 년 뒤에 세상을 떠났지만, 아버지의 식탁에는 로버트의 외할머니처럼 누나와 나를 바라보는 사람들이 언제나 있었다. 아버지는 우리를 그런 시선에서 지켜주기도 했으나, 때로는 자신의 사회적 지위를 위해 우리를 내몬 적도 있었기에, 아버지의 고충을 이해하면서도 늘 가슴 한쪽이 아려왔다. 어떻게 말한대도, 결국 쫓겨난 신세였기 때문이다.

공교롭게도 내 14번째 생일날인 늦여름 오후에, 손님들이 집으로 들이닥치자 이번에는 아버지가 아닌 엄마가 나더러 부엌에 있으라고 말했다. 게다가 로버트도 아버지의 식탁에 앉았다. 아무리 항의한들 내 자리가 바뀔 리 만무했다. 엄마가 부엌의 식기대 위에 내 생일상을 차렸다. 나는 처음으로 아버지의 가족에서 완전 소외된 느낌이었다. 아버지는 번거로웠는지 나에게 식탁에 왜 못 앉는지 설명하지도 않았다. 그저 별일 아니라는 듯 엄마에게 떠넘기고 말았다. 나는 아버지뿐만 아니라 엄마에게도 잔뜩 골이 났다.

엄마가 말했다.

"앉아라. 상 차려 줄게."

나는 뿌루퉁하게 말했다.

"내 거는 차리지 말아요."

"아버지 음식이랑 같은 거야."

"싫다니까요."

"폴, 먹어야지."

"이 집구석에서는 안 먹어요."

나는 자리를 떴다.

"폴 에드워드!"

엄마가 불렀다.

"계단 아래로는 나가지 마라! 내 말 들었지?"

물론 들었다. 그래도 듣기 싫었다. 엄마의 눈을 피해 뒤쪽 베란다로 돌아가서 기둥에 기댄 채, 뒤뜰 너머 아버지의 숲을 바라보았다. 언제나 숲과 하나처럼 느끼던 나였건만, 그 순간만은 숲에서 멀어진 느낌이었다. 숲뿐만 아니라 아버지가 가진 모든 것이 나를 밀어내는 느낌이었다. 그때 조지 형과 로버트가 멋지게 차려입고 부엌을 나왔다.

"네 엄마한테 저녁 안 먹겠다고 했다며?"

조지 형이 물었다. 손을 호주머니에 쑥 찔러 넣으며 마뜩찮은 표정으로 조지 형을 올려보았다.

"내 식사까지 걱정하셔?"

나는 비꼬았다. 조지 형이 쾌활하게 대답했다.

"걱정 안 해. 너 같은 먹보가 왜 안 먹을까가 궁금할 뿐이야."

나는 건방지게 받아쳤다.

"형이야 사관학교 갈 정도로 워낙 잘났잖아. 한번 알아 맞춰보시지."

조지 형이 바짝 다가서서, 웃음기를 싹 거둔 채 하늘색 눈으로 나를 노려보았다.

"아하, 이제 알겠다. 네가 바보라서 안 먹는 건 좋은데 말이야. 그 맛 좋은 음식을 안 먹으면 너만 손해라는 것쯤은 알아두셔야지. 내가 너라면 나는 차라리 아버지가 가진 것을 다 먹어 치워 버리겠어. 아버지가 그렇게 마음에 안 들면 말이지. 나라면 그러겠다. 어쨌든 네 맘대로 하셔."

조지 형은 한참이나 나를 뚫어져라 보더니 현관으로 걸어 나갔다.

조지 형은 화가 나면 반드시 표현을 했다. 결코 말을 마음속에 담아 두지는 않았다. 형제 가운데 가장 유쾌한 데다 참을성도 많았다. 뭐라도 가르쳐줄 때면 시간을 갖고 기다려 주었다. 그렇지만 바보짓을 하거나 쓸데없는 일을 하는 사람에게는 누구보다 더 열을 냈다. 내 답답한 모습에 더는 왈가왈부하기 싫은 모양이었다. 한마디 했으니 조지 형은 볼일을 다 본 셈이었다. 조지 형은 가버렸다. 로버트는 그래도 내 곁에 있었다.

"폴, 뭐 좀 가져올까?"

"됐어."

나는 계단 아래로 내려갔다.

"부엌에 가서 뭘 좀 먹자. 맛있는 게 얼마나 많은데. 햄이랑 닭튀김, 고기만두랑 고구마파이랑……."

"다 필요 없어."

소리를 빽 지르고, 뜰을 가로질러갔다. 로버트가 불렀다.

"어디 가는데? 네 엄마가 나랑 조지 형더러 너를 좀 현관에 붙잡아 두래!"

"됐어. 그건 우리 엄마랑 내 문제야. 끼어들지 마!"

"그냥 가면, 여기 맛있는 음식은 못 먹는다!"

가던 발걸음을 멈추고 휙 돌아서서 소리 질렀다.

"아버지의 음식이라면 딱 질색이야. 손님이 올 때마다 나는 못 앉는 식탁에서 나온 음식이잖아!"

바로 그때, 집 모퉁이에 서 있는 하몬드 형이 눈에 띄었다. 형과 눈이 마주쳤지만 모른 체 했다. 몸을 돌려 숲 쪽으로 달려가자, 로버트가 돌아오라며 소리쳤다. 나는 개울로 갔다. 한참 가고 있는데, 하몬드 형이 따라왔다.

"같이 걸어도 되니?"

"형네 숲이잖아."

갑자기 아버지뿐만 아니라 형제들에게도 화가 나고 약이 올라서 쏘아 붙였다.

"너도 여기에서 살잖니."

내가 받아쳤다.

"여기에 살면 뭐 해? 내 것은 하나도 없는데."

하몬드 형은 그 말에는 대꾸를 하지 않았다. 잠시 침묵을 지키며, 묵묵히 숲길을 따라 나와 함께 걸었다. 얼마 뒤에 형이 물었다.

"말해 봐, 폴. 오늘 화난 이유가 아버지야? 우리야?"

하몬드 형을 슬쩍 바라보았다.

"내가 화났다고 누가 그래?"

형이 소리 내어 웃었다.

"화가 난 걸 모를까 봐? 너는 꼬마 때부터 심술이 나면 무조건 나갔지. 로버트는 징징거리고 캐시나 조지는 싸우려 드는데 말이야. 너는 그냥 혼자 나가거든."

"형이 보기에는 화낼 이유가 없겠지."

"저런, 나는 그런 말 안 했는데. 자초지종을 들어보니 화내는 이유도 짐작하겠고, 그걸로 나무랄 생각도 없어. 네 기분을 알 것도 같아."

나는 형에게 돌아섰다.

"내 기분을 형이 어떻게 알아? 유색인과 백인 사이에 끼어 있는 기분을 짐작이나 해? 아버지의 백인 손님만 왔다 하면 식탁에서 쫓겨나는 기분을 어떻게 알겠어? 그런 걸 형이 어떻게 아냐고?"

형은 목덜미를 쓱쓱 긁었다.

"너만 그런 기분을 느끼는 줄 알아? 폴, 나는 아버지 식탁에서 쫓겨난 느낌은 잘 몰라. 하지만 아버지에게 증오심을 느끼고 분노를 느끼는 게 어떤 기분인지는 나도 알지. 백인과 유색인 사이에 끼어 있는 느낌도 정확히 알고 있지. 네 피붙이나 형제자매를 향해 끓어오르는 분노는 짐작이 돼?"

내가 발걸음을 멈추자, 형도 멈춰 섰다. 형은 내 눈을 똑바로 쳐다

가족

봤다.

"흠, 캐시가 태어났을 때는, 나는 2살이었지. 너랑 로버트가 태어났을 때, 나는 9살이었고, 그때는 어느 정도 아버지에 대해 파악할 나이고, 우리 엄마가 어떤 기분일지 어렴풋이 짐작할 나이지. 우리 엄마는 착한 분이었지만, 아버지가 유색인 여자와 함께 지내고 아이마저 만들어내자 마음고생이 많으셨지. 네 엄마는 아이를 4명 낳았는데, 둘은 유산되었지. 우리 엄마는 아이들이 죽은 것은 하느님의 뜻이라고 말하셨지. 우리 엄마가 로버트를 가졌을 때 네가 태어났지. 네 엄마와 비슷한 시기에 아기를 임신했으니 우리 엄마는 어떤 심정이셨을까? 열병에 시달리던 끝에 엄마는 로버트를 낳자마자 돌아가셨어. 나는 네 엄마와 너와 캐시가 정말로 미웠어."

한번도 그런 생각을 못 했던 나는 고개를 끄덕였다.

"내 기억으로는 형이 우리를 못살게 굴었던 적은 없었는데."

"네가 어려서 잘 몰랐겠지. 네 엄마에게 물어 봐. 한동안 다들 내 곁에 오기를 꺼려했지. 나는 사람들이라면 다 지긋지긋했거든. 하지만 시간이 지나면서 몇 가지를 깨달았지. 우선 네 엄마가 나와 조지를 정성껏 돌보았어. 특히 로버트에게 신경을 많이 썼지. 로버트는 워낙 병약하게 태어나서 네 엄마가 밤을 새우며 보살필 때가 많았어."

우리 엄마도 그 이야기를 들려준 적이 있었다. 엄마는 로버트를 돌보기만 했지 젖은 주지 않았다. 젖은 나에게만 먹였다. 다른 여자의 아이에게 젖을 물리는 것을 거절한 것이다. 엄마에게는 선택의 여지가 없었는데도, 에드워드 로건의 '유색인 여자'로 손가락질 받는 게 엄마로서는 항상 불만이었다. 남북 전쟁 전에는 엄마는 에드워드 로건의 재산에 불과했지만, 이젠 아니었다. 이젠 아버지가 시켜도 차마 받아들이지 못하는 일들이 생겼다. 로버트의 유모도 그중의 하나였다. 다른 여자의 아이에게 젖을 먹이는 일은 암퇘지가 남의 돼지새끼에게 젖을 먹이는 것과 다를 바가 없다고 거부한 것이다. 사람들이 뭐라고 생각하든 적어도 자신은 암퇘지는 아니라고 했다.

하몬드 형이 계속 말했다.

"네 엄마가 우리를 잘 돌보긴 했지만, 그런 것조차 눈꼴시려 보란 듯이 막 대했지. 언젠가 네 엄마에게 욕지거리를 퍼부었는데, 아버지가 들었지. 그래서 죽을 만큼 맞기도 했어. 그렇다고 달라질 건 없었어. 내가 15, 16살쯤 되자, 네 엄마가 나를 앉혀놓고 심중을 털어 놓더구나. 그 뒤로는 나도 마음을 고쳐먹었어."

"엄마가 뭐라고 했는데?"

형은 고개를 살래살래 저으며 싱긋 웃었다.

"네가 들어도 될 만한 나이인지 모르겠다. 네 엄마의 말로는 청년 시절의 아버지는 닭장에 들어온 여우였다는 거야. 그 닭장 속에는 도망칠 길이 없는 닭이 있었다는 거야. 나에게 물어보더구나. '아직 전쟁도 끝나지 않았고, 어린 닭이 닭장 속에서 무서워 떨기만 할 뿐, 소리도 못 내고 닭장 속에 갇혀 있다면 아버지처럼 하지 않을 자신이 있냐고? 잘 생각해 보라고? 어떤 판단을 내리기 전에 잘 생각해 보라고?' 네 엄마가 말했지. 마침 나도 남성적 욕구를 느끼던 참이라, 네 엄마의 말을 곰곰이 생각해 보았지. 그렇다고 내 생각이 바로 바뀌지는 않았어. 아버지가 너와 캐시를 우리 집으로 데려오고 식탁에 앉히는 게 정말 싫더라. 너희 둘을 데려와 직접 읽기와 쓰기를 가르치고,

조지와 나더러 로버트처럼 너희들에게 저녁마다 학교공부를 알려주라고 해서 화도 났지. 처음에는 약이 참 많이 올랐어. 너와 캐시의 아버지 노릇을 하고, 너희를 우리랑 똑같이 대하고, 너희를 잘 돌보라고 부탁하는 아버지가 정말 끔찍할 정도로 미웠다. 아버지가 너희를 우리처럼 돌보는 걸 알고, 백인 아이들은 내가 너희와 마찬가지라며 주먹질을 해댔고 그 바람에 다치기도 했지. 그래서 아버지에게 다른 백인들도 유색인 자식을 두었지만 함께 식탁에 앉히거나 공부를 가르치지 않는다고 따지기도 했어."

"아버지가 뭐라고 하셨어?"

"'자식들에게 공평하지 못하다면 과연 아버지이겠냐?'라고 하시더라. '나는 너희 모두의 아버지다.'라고 단호하게 말씀하셨어. 아버지는 자식 한 명 한 명에게 똑같은 책임감을 느끼며, 엄마가 누구냐는 상관이 없다고 하셨다."

잠시 시간이 흘렀고 내가 나지막한 목소리로 말했다.

"아버지가 그렇게 생각해서 속상해?"

"아직도 아버지를 미워하냐고 묻는 거야? 폴, 이미 오래전 일이야."

"나와 캐시는 어떤데?"

나는 여전히 목소리를 낮춰서 물었다.

"어떠냐고? 네 엉덩이와 콧물을 닦아주고, 너희들이 토할 때도 씻어주고, 네가 엉망진창일 때면 말끔하게 씻어 주고, 그러다 보니 어느새 정이 들었지. 너는 조지와 로버트처럼 내 동생이고, 캐시는 내 여동생이야. 늘 같은 식탁에 앉을 수는 없겠지만, 우리 사이가 달라지진 않아."

"형, 꼭 식탁에 앉는 것만 문제가 아니야. 아버지의 유색인 아들이다 보니, 다들 그런 식으로 판단해. 백인들은 내가 형만큼 잘할 리 없다고 여기고, 유색인들은 내가 잘난 척한다고 생각해. 나와 함께 외출해도, 아버지는 '내 아들 폴이요.'라고 소개하지 않아. 다들 내가 우리 아버지의 아들이라는 것을 알지만, 아버지는 나를 사무실 안에 들이지 않고 바깥에 따로 세워 놓지. 아버지는 피부색에 따라 자식들을 차별 대우 하는 거야. 말로는 똑같이 보살핀다지만 아버지도 다른 사람들과 똑같단 말이야."

"아버지가 어떻게 해야 하는데? 법을 어기고 사회적 관습을 깨면서 너를 아들이라고 주장해야 돼? 누구에게도 이롭지 않아. 아버지가 사회적 금기를 깬다면, 우리 모두는 결국 짐을 꾸려 여기를 떠나야 해."

"아버지는 엄마랑 잘 때도 금기를 깼지만 개의치 않았잖아."

"폴, 네가 이해를 못 하나 본데, 그건 금기가 아니야. 그저 사회에서 터부시하는, 입에 올리지 않은 이야기일 뿐이야."

"금기가 되든 말든, 그로 인해 나는 남들과 완전 다르잖아. 누나와 나, 둘 다 말이야."

형이 물었다.

"그래서? 조지, 로버트, 캐시, 너와 나는 모두 다른 방식으로 살지만, 그래도 우리는 한 가족이야."

"내가 완전히 어른이 되면 어떤데?"

"무슨 소리야?"

"그때도 우리는 여전히 가족일까? 그때는 내가 형의 식탁에 앉을 수 있나?"

형은 고개를 저었다.

"모르겠다, 폴. 세상은 정해진 대로만 흘러가는 게 아니야. 내 짐작으로는 그때도 지금과 크게 달라지지 않을 듯해. 그래서 거짓말을 하거나, 내가 할 수 없는 걸 장담하진 않겠다. 한 가지 약속할 수 있는 것은 네가 내 식탁에 마음 편히 앉게 될지, 내가 네 식탁에 앉게 될지는 나도 확신을 할 수는 없어. 그래도 나는 언제까지나 너는 내 가족이라는 것은 약속할 수 있어. 캐시도 마찬가지야. 너에게도, 나 자신에게도 우리가 가족이라는 사실은 절대로 부인하지 않으마."

나는 형의 말을 골똘히 생각했다.

"목사님이 지난 일요일에 설교한 내용이 뭔지 알아?"

"뭔데?"

"베드로도 예수님을 부인하지 않겠다고 말했대."

"네가 예수님이라도 되니?"

나는 고개를 저었다.

"아니. 막상 일이 닥치면 누구라도 부인할 수 있는 거야. 혈육이든 아니든."

****

하몬드 형과 헤어지고 나서 잠시 숲 속을 거닐다가, 땅거미가 지기 전에 집으로 돌아갔다. 엄마의 집으로! 뒤쪽에는 텃밭이 있었고 앞쪽에는 꽃밭이 있었다. 작은 집은 달랑 방만 두 개였다. 하나는 엄마와 누나가 쓰는 방이었다. 큰방에는 내 침대를 두고 부엌과 거실로 썼다. 로버트는 함께 놀러 가려고 자주 우리 집에 들렀다. 형들은 올 일이 아예 없었고, 아버지는 가끔 들렀다. 내 기억으로는 아버지가 엄마 집에 오래 머물거나 밤새 머문 적은 없었다.

  나는 곧장 들어가지 못하고 뜰에 서 있었다. 현관 창문에 석유등이 켜져 있었다. 엄마가 나를 기다리고 있구나 싶었다.

  아직은 엄마와 얼굴을 마주하기 싫었다. 뜰 하늘을 가득 메우고 있는 늙은 페칸나무에 등을 기대고 엄마의 집을 바라봤다. 엄마와 아버지의 관계를 생각해 보았다. 모두들 엄마는 아버지의 가정부이자 요리사인 줄 안다. 그리고 아버지는 엄마에게 대가를 지불했다. 하지만 엄마는 단순한 가정부이자 요리사가 아니었다. 이도 알 만한 사람은 다 알았다. 엄마와 아버지는 결코 둘 사이를 공개적으로 드러내지 않았다. 나는 한 번도 두 사람이 포옹하는 것을 보지 못했다. 하지만 가끔 두 사람 사이에 부드러운 기운이 감돌 때가 있었다. 서로를 마주볼 때나, 각자에 대한 관심사를 나누거나 또는 누나와 나에 대해 담소를 나눌 때는 부드러움이 넘쳤다. 오직 우리 가족만 있을 때면, 엄마는 아버지에게 솔직하게 말을 했고, 때로는 아내처럼 날카롭게 지적을 했다. 하지만 엄마는 절대로 아버지와 함께 저녁식탁에 앉지 않았다. 아버지의 시중을 드느라 자리에 앉지 않는다고 둘러댔지만, 엄마는 다른 사람의 눈이 무서워 그러는 것 같았다. 사람들은 에드워드 로건의 유색인 자녀들이 에드워드 로건의 식탁에 같이 앉는 것과 유색인 여자가 아이들을 데리고 에드워드 로건의 식탁에 함께 앉는 것은 완전히 다른 문제라고 생각했다. 그건 아주 담대하고 도발적인 일이었다.

  그래도 둘은 가끔 함께 앉아 있기도 했는데 식사시간은 아니었다. 가끔은 아버지가 부엌으로 들어와 식탁에 앉아서 말을 붙이면, 엄마는 일을 멈추고 이야기를 받아 주었다. 아버지에게 커피나 레모네이드와 같은 음료수를 따라주고 엄마도 같이 마시면서 농장이나 아버지 사업이나 우리 이야기를 했다. 그처럼 엄마가 아버지와 자리를 함께 해도 식사만은 반드시 따로 차렸다. 음식은 같아도 자리는 달랐다!

나는 엄마와 아버지의 삶과 두 분이 누나와 나에게 건네준 삶을 생각해보았다. 하몬드 형과 형이 들려준 이야기도 떠올렸다. 하몬드 형의 엄마도 머릿속에 스쳐갔다. 만약에 유색인 아버지가 계셨다면 내 삶은 어떻게 변했을지 자못 궁금했다. 미첼과 알티 같은 아이들과는 허물없이 어울렸을 테고, 손님이 와서 에드워드 로건의 식탁에 못 앉더라도 그다지 상처받지 않았겠지. 원래 내 자리가 아니었을 테니까. 하지만 아버지가 유색인이었다면, 형들과 로버트는 내 형제가 될 수 없었다. 내 인생에 대해 생각하다 보니 다시 한 번 화가 치밀어 올랐다. 엄마와 아버지는 분노의 화살을 맞아도 당연했다. 나는 그 분노를 들고 집으로 들어갔다.

엄마는 흔들의자에 앉아 있었는데, 그 멋들어진 의자는 메이콘에서 만들었다. 아버지는 그 의자를 만든 장인에게 기술을 배우게 할 생각이었다. 흔들의자는 아버지가 엄마에게 오래전에 준 선물이었다. 내가 들어가자 엄마가 노려보았다.

"이제 다 컸다는 게냐?"

내가 되물었다.

"뭐라고요?"

"네가 다 큰 줄 아냐고? 현관을 떠나지 말라고 했을 텐데."

"알고 있었지만……거기에 있기 싫었어요."

"왜 싫었는데?"

나는 엄마에게 몸을 돌렸다.

"알면서 그래요."

엄마의 목소리가 팽팽해졌다.

"알았으면 묻지 않았지."

갑자기 14살짜리 청년이 된 기분이 들었다.

"그럼 차라리 엄마와 함께 자는 백인 남자에게 물어보시든지……."

아버지와 이렇게 살아가는 엄마를 비난하며 화를 벌컥 냈지만, 기분이 좋지 않았다. 그러면서도 마음 한쪽으로는 다른 형제들처럼 백인 엄마에게 태어나지 못한 현실에 부아가 치밀었다. 만약 그랬다면, 아버지와 같이 식사를 했을 테고, 아버지의 친구들과도 교류를 했을 거고, 다들 나를 쉬이 받아들였을 텐데. 그런 생각을 하고 있는 와중에도 켕기는 게 있었는데, 엄마를 사랑하는 마음 때문이었다. 화가 나서 엄마와 다투었지만, 엄마를 무엇과도 바꿀 생각은 없었다. 엄마에게 못할 말을 했다는 생각이 스치면서 내 자신에게 화가 치밀었다. 하지만 나의 분노는 엄마에 비하면 하찮은 정도였다. 엄마는 바람보다 빠르게 일어나더니 벽난로에 걸려 있는 채찍을 낚아챘다. 엄마는 이제껏 한번도 들어보지 못한 목소리로 말했다.

"이 자식! 잘 들어 둬라! 나는 네가 태어났을 때 네 엄마였고, 지금까지 네 엄마다. 그리고 네가 죽을 때까지도 네 엄마다."

그러고는 가죽 채찍으로 내리쳤다. 사실 나는 엄마보다 키도 크고 힘이 세서 엄마 손에서 채찍을 뺏을 수 있었으나 그런 식으로 엄마를 무시할 수는 없었다. 내가 재빨리 피하는 바람에 엄마는 몇 대 때리지도 못했지만, 계속 채찍을 휘둘렀다. 이건 엄마가 세운 원칙이었다. 내가 대들거나 무시하는 것만큼은 참아주지 않았다. 어쨌든 엄마가 말했 듯이 엄마는 지금까지 내 엄마였고 앞으로도 내 엄마라는 것은 진실이었다. 절대로 변하지 않을 진실이고 솔직히 변하기를 바라지도 않았다. 나는 그때의 매질을 특별히 기억하는데, 엄마가 나에게 들었던 마지막 매였기 때문이다.

****

다음 날도, 그다음 날도, 나는 아버지의 집에서 밥 먹는 것을 거부했다. 아예 아버지 집에 들어가지 않았다. 엄마를 보러 아버지 집에 가지도 않았다. 하지만 1주일이 지나자 아버지는 더는 수수방관하지 않았다. 식탁으로 돌아오라는 지시가 떨어졌다.

"너는 내키지 않겠지. 하지만 나는 가족과 저녁식사를 오손도손 나누고 싶다. 나는 이 자리에서 내 자식들과 다 함께 밥을 먹고 싶단다."

"그러기 싫어요."

"나는 네 아버지다. 내가 어떻게 할지 한번 보여주랴?"

두말 못 하고, 바로 아버지의 식탁에 앉기는 했지만, 쫓겨났던 이유를 절대로 잊지 못했다.

****

가족이 둘이라는 사실을 껴안고 혼자 끙끙거릴 즈음에, 캐시 누나는 애틀랜타로 가더니만 결혼을 했다. 처음에 누나는 학교를 다니러 그곳에 갔는데, 나중에 하워드 밀하우스를 만났다. 결혼할 당시 누나는 20살이었고 누나의 신랑은 거의 10살이나 많았다. 곧 작은 가게를 열어

생활을 꾸려나갔다. 누나는 결혼하고 나서 집에 몇 번 들르지 않았다. 그래서 많이 보고 싶었다. 아버지의 식탁에 앉지 못한 일로 마음이 상했던 나는 누나에게 편지로 내 마음을 털어놓았다. 누나라면 내 기분을 잘 이해해 줄 것 같았다. 누나는 답장을 보내지 않았다. 그 대신 직접 왔다.

우리 둘만 있는 자리에서 나는 말문을 열었다.

"누나, 엄마에게 기분이 상할 때가 있는데……. 그러니까 내 말은 꼭 백인과 어울려야 했나 싶어서 말이야."

"엄마가 일부러 그랬다고 생각하는구나."

나는 입을 다물었다.

"폴, 이 주변에 있는 모든 것처럼 엄마는 아버지의 재산이었어."

"처음에야 엄마가 말도 제대로 못 했겠지."

"제대로 못 해? 아예 못 한 게 아니라?"

"그때는 거의 20년 전, 누나가 태어나기 전이야. 우리가 해방되었을 때 왜 엄마는 여기를 떠나지 않았어? 지금껏 왜 아버지 밑에서 이러고 있냔 말이야?"

"너는 엄마가 사랑 때문에 이런다고 생각하니? 그리고 이건 엄마의 인생이야. 나도 엄마에게 한번 물어봤었지."

"뭘 물어봤어?"

"아버지를 사랑하느냐고? 아니라면 왜 아버지 곁에 있냐고?"

"그랬더니 뭐라 하시던?"

"아버지를 사랑하기도 했지만, 나를 데리고 도망쳤으면 아버지가 쫓아왔을 거래."

"네 생각으로는 아버지가 안 그랬을 것 같아?"

나는 내가 어떻게 알겠냐고 어깨를 으쓱거렸다.

"글쎄?"

"폴, 우리 아버지야. 우리 아버지가 보통 분이니?"

"가끔은 우리 아버지가 아니었으면 좋겠어. 엄마는 아버지의 가족을 양쪽으로 돌보지만 그렇다고 엄마에게 돌아 온 몫이 뭐야? 손바닥만 한 집뿐, 여전히 커다란 저택은 아버지 것이고 엄마는 아버지를 돌보느라 등골이 빠지잖아."

누나는 나를 물끄러미 보더니 입을 열었다.

"폴, 화가 단단히 났구나."

"거야 당연하지. 아버지와 엄마 때문에 내 인생이 너무 고달파. 어떤 기분인지 모른다고는 하지 마."

"내 동생아! 잘 들어! 엄마나 아버지를 두고 그따위로 입을 놀리면 용서하지 않겠어."

나는 누나와 눈이 마주치자 얼른 피했다.

"있지, 엄마와 아버지가 무얼 하건, 무슨 생각을 갖건 두 분의 몫이고 두 분의 삶이야. 우리가 마음을 쓸 부분은 두 분이 우리를 따뜻하고 편안하게 돌봐주었다는 거야. 그분들은 우리를 사랑했어."

누나는 잠자코 내 반응을 기다렸다. 내가 묵묵부답이자 누나가 다시 입을 뗐는데 목소리에 가시가 돋쳐 있었다.

"엄마가 너를 사랑하지 않니? 폴? 야, 날 똑바로 보란 말이야! 엄마가 널 사랑하지 않아?"

"물론 사랑하지."

"아버지는? 아버지는 널 사랑하지 않니?"

"글쎄?"

"글쎄? 그렇다면 아버지가 그동안 우리를 위해 왜 그랬을까? 왜 키웠을까? 아버지는 우리를 집으로 데려가고, 왜 오빠들이나 로버트와 함께 길렀을까? 우리를 오빠들이나 로버트처럼 좋은 옷을 입혔잖아. 쫄쫄 굶기거나 너덜너덜한 옷을 입혔다고 생각하지는 않지? 다른 형제가 먹는 음식을 우리도 똑같이 먹었어. 그런 걸 잊어버렸어? 왜 우리에게 손수 읽기와 쓰기와 셈을 공부시켰을까? 그건 법을 어기는 짓이고 자칫하면 감옥에 갈 수도 있는 일이야. 아버지가 우리를 돌보지 않았다면 그런 위험은 없었어. 아버지는 오빠들이나 로버트와 마찬가지로 항상 함께했고, 그들처럼 일을 가르쳤어. 아버지가 신경을 안 썼다는 말이야?"

나는 중얼거렸다.

"아버지가 신경을 안 쓴다는 말은 하지 않았어."

"천만에, 방금 그런 식으로 말했어. 어쩌면 아버지가 그렇게 일일이 챙겨주지 않았더라면 더 나았을지도 모르겠어. 형제랑 사이좋게 지내지 않고 오히려 미워하며 자랐다면 더 나았을지도 몰라. 아버지가 크고 반짝이는 선물 상자를 우리 앞에 놓아두기에, 우리도 백인 형제처럼 딱 열어보려는데, 아버지가 싹 뺏어가 버린 기분, 그런 기분은 맛보지 않았겠지."

누나가 말을 이었다.

"음, 아니? 어쩌면 네 말이 맞아. 아버지는 우리 자신이 특별하다고 또 어디서나 환영받는다고 느끼게 했지. 이곳에서 자라는 동안 나 자신에 대하여 만족하며 살았고, 어디 가더라도 잘해 낼 거 같았지. 그런데 막상 애틀랜타로 가보니 다르더구나. 하워드를 만나기 전까지는 내게 어울리는 곳을 찾을 수가 없었거든. 아버지의 실수인 것 같아. 나를 유색인 목사님 댁에 머물게 했는데, 항상 그 사람들은 거리를 두었어. 나는 그들에 비하면 너무 하얗거든. 상냥하게 대했지만 진심으로 나를 대하지 않았어. 그들이 그렇게 생각하는 한 나는 언제나 이방인일 뿐이야. 그들은 나를 어색해 했어. 가족처럼 대하지 않더군. 내가 방으로 들어가면 하던 이야기를 뚝 끊고 말도 건네지 않는 거야. 다른 유색인들은 그런 예의조차 갖추지 않았어. 나를 두고 앞과 뒤에서 쑥덕대더구나. 나를 둘러싼 분위기가 얼마나 껄끄럽던지, 지나던 길에 아버지가 몇 번 들렀지만 아무런 도움도 안 되었어. 몇 번 백인들은 내 피부색을 오해해서 잘해 줬지. 물론 나를 제대로 알기 전까지지. 근데 나중에는 그들은 나를 문둥병자 취급을 하더라. 뚜렷이 드러나는 유색인을 대할 때보다 더 함부로 굴더라니까. 자신과 같은 백인인 줄 알고 어울렸다가, 혹시라도 오염이라도 된 건 아닌지 염려됐나 봐. 폴, 나는 하얀 세계와 검은 세계라는 두 세상 사이의 덫에 빠진 것 같아. 어느 쪽도 나를 원하지 않았단 말이야. 사실 몇 번은 백인인 척도 했어."

"뭐라고?"

"그래, 사실이야, 그랬어!"

누나는 반항적으로 고백했다.

"왜 그런지 알아? 그렇게 하면 자신감이 솟구쳤으니까! 나를 받아주었으니까! 가게에 들어가거나 백인지역 시내에 들어가면, 백인이건 유색인이건 모두가 떠받들어 주더라. 그들은 나를 백인으로 착각했으니까. 그들의 깍듯한 태도 때문에 한참 동안은 기분이 날아갈 것 같았지. 하지만 그 모습은 다 가짜야. 진정한 캐시 로건이 아니야. 비참했어. 지금 너처럼 나는 불행한 이유를 아버지와 엄마에게 갖다 붙였어. 사실 엄마보다는 아버지에게 훨씬 더 분통이 터졌지. 아주 특별한 사람처럼 키워준 아버지에게 화가 났어. 여기에서 아버지가 나를 대우해주듯 다른 곳에서도 그럴 줄 알았거든. 아버지의 딸이었지만 여기를 벗어나는 순간 나는 아버지와 아무 상관도 없어졌지. 나는 상당히 냉소적인 태도로 적개심을 드러냈고 아버지가 나를 보러 오기만 하면 노골적으로 표현했어. 그런 뒤에 하워드를 교회 모임에서 만났어."

"내 이야기야?"

매형이 뒷문으로 들어왔다. 손에는 망가진 말굴레를 들고 있었다. 매형은 호남형의 청년으로 키는 중간 정도에, 피부색은 누르스름했다. 과묵한 편이라 수다스러운 누나와 천생연분이었다. 누나 말로는 부부 싸움이라도 걸라치면, 매형은 입을 꾹 다물고 앉아 다 들어주다가 누나 스스로 지친다 싶을 때, 그제야 몇 마디 말로 싸움을 마무리 지어버린단다. 연인들이 으레 그렇듯, 두 사람은 마주 보며 입가에 웃음을 지었고, 그런 누나를 보니 덩달아 기분이 좋아졌다. 하워드는 말굴레를 내밀며 말했다.

"이걸 묶을 만한 가죽 끈을 찾고 있어. 잘 하면 고칠 수 있겠는데."

매형은 언제나 바빴다. 우리 집에 오면 언제나 일거리를 찾아내 일을 했다. 앉아서 빈둥거리는 법이 없었다. 그래서인지 가게도 잘 꾸려 나가는 편이었다.

누나가 설명했다.

"폴에게 애틀랜타에 처음 왔을 때 이야기를 하는 중이에요. 거기에서 사람들이 나를 어떻게 대했는지 말하고 있어요."

매형은 엄마가 선반에 올려놓은 잡동사니 통을 들여다보며 고개를 끄덕였다.

"우리가 어떻게 만났는지 폴에게 이야기 했어?"

"만난 장소를 말했지요. 교회 모임이요."

매형은 누나를 돌아보았다.

"그렇다면 내가 용기를 내서 말을 걸었던 이유는 아직 이야기하지 않았겠군?"

"그 얘기는 아직 안 했어요."

매형은 여전히 통 속을 들여다보며 말을 했다.

"폴, 우리 캐시를 두고 함부로 이야기를 떠벌리는 여자들이 있었어. 질투가 섞인 다소 비열한 이야기였거든. 여자들은 캐시에게 직접 한 것은 아니지만, 그래도 들으라고 떠들었지. 캐시를 딱 보아하니, 곧 폭발하겠더라고. 그래서 주님의 집에서 머리채가 뽑히고 옷이 갈기갈기 찢어지는 일이 벌어질까 봐, 캐시에게 다가가 말을 걸었어. 캐시가 조금 진정됐다 싶을 때 밖으로 데려 나왔지."

누나가 곧바로 인정하고 나섰다.

"하워드가 그렇게 했어. 정말 시간을 딱 맞췄지. 나는 그 계집애들과 대판 싸우려던 참이었어. 주님의 집이든 아니든 상관없이 우리 엄마와 아버지에 대해 씹고 까부는 계집애들에게 뭔가 보여주려 했거든."

"당신이 싸울 뻔 했던 게, 나로서는 행운이었어."

매형은 싱긋 웃었고 통에서 찾아 낸 가죽 끈을 마치 상이라도 받은 듯 집 밖으로 들고 나갔다.

내가 말했다.

"나는 매형이 좋아."

누나가 웃음을 지었다.

"나도 그래."

"이제는 애틀랜타 생활이 더 낫지?"

"물론이지. 아주 좋은 건 아니지만 훨씬 나아졌어. 나에 대해서 모르는 사람들은 유색인이든 백인이든 여전히 어려워해. 이젠 백인 행세를 하지 않아. 여전히 껄끄럽지만 그들은 이제 나와 함께 살아갈 사람들이야. 나는 하워드와 가족을 얻었어. 그들은 나를 사랑하고 나는 그들을 사랑해. 사람들은 차츰 나에 대해 알게 될 테이고, 내게는 친구도 생겼는걸."

나는 고개를 끄덕였다.

"누나가 지나간 길이 지금 내가 걸어가는 길이야. 만약 엄마와 아버지가 함께하지 않았더라면, 우리 처지가 완전 달라졌을 텐데."

누나가 깔깔 웃으며 맞장구를 쳤다.

"물론이야. 확 달라졌을걸. 아예 여기 있지도 않았겠지!"

나는 웃음이 나오지 않았다. 누나를 향해 얼굴을 찌푸렸다.

"무슨 말인지 알면서."

누나가 빤히 바라보았다.

"네가 꼬맹이일 때는 이런 생각을 안 했지."

"그때는 알아가야 할 게 산더미였거든."

"지금도 그래. 남자와 여자에 대해서 그리고 두 사람 사이에 무슨 일이 생기는지 알아 둘 게 많아. 사랑이 뭔지 또 사람들이 어떻게 그것을 드러내는지 많이 알게 될 거야. 아이들을 입맞춤과 포옹만으로 다 키울 수는 없어. 엉덩이를 때리고 나무라기도 해야 해. 지난 몇 년 동안 네가 주먹다짐으로 시달렸던 일로, 엄마와 아버지를 비난하고 판단해서는 안 돼. 나도 그래서는 안 되고. 두 분은 할 수 있는 한 최선을 다했으니, 더는 허물을 들추고 싶지 않아. 나는 그 시기를 이미 거쳤거든."

"누나는 나를 이해해 줄 거라고 믿었어."

"물론 이해해. 세상이 너를 제대로 받아주지 않아서 울분으로 가득 찼겠지. 네 울분은 언젠가 사라질 테고, 그즈음이면 너도 나처럼 바라보겠지."

"누나, 이 말은 진심이야."

누나와 눈을 마주쳤다.

"뭔데, 폴?"

"혹시 딸을 낳으면 백인에게 시집을 보내지 않겠어. 절대로 그러지 않을 거야."

나는 다짐한 말을 마음 깊숙이 새겨두었다.

"그거 아주 좋은 생각이구나."

엄마가 말했다. 나와 누나는 동시에 돌아보았다. 우리 둘 다 엄마가 들어오는 소리를 듣지 못했다.

"나와 네 아비에 대해 말하고 싶거든, 먼저 몇 가지 말해 둘 게 있어. 먼저, 너희들이나 그 누구에게도 내 삶을 두고 사과를 하지 않을 거야. 사람들이 등 뒤에서 나를 두고 속닥거리다가 나와 눈이 마주치면 웃더구나. 막 처녀로 접어들어서 어수룩할 때라, 어떻게 해야 할지 모르는 와중에 일은 벌어졌지. 그렇지만 그 이후로 한 남자와 살았으며, 그 남자는 나와 내 새끼들에게 최선을 다했다. 등 뒤에서 수군덕대는 사람들 중에는 그렇게 말하지 못할 사람이 많을 게다."

누나는 일어서서 엄마에게 다가갔다.

"우리는 조금도 무시하지 않아요. 엄마."

나는 잠자코 있었다. 엄마가 나를 바라보았다.

"물론이지."

누나가 어깨를 안아주자 엄마는 몸을 살짝 기댔다.

"캐시, 네가 집에 오니 좋구나. 오래간만에 너희 둘과 함께 있으니 정말 기쁘구나. 나중에 무슨 일이 생기기 전에 꼭 하고픈 말이 있다."

누나가 물었다.

"무슨 말이에요? 무슨 일이 있어요? 엄마?"

나도 일어섰다.

"어디 아파요?"

엄마는 고개를 저었다.

"알려둘 게 있어서 그래. 내가 가진 것은 죄다, 아주 작은 것까지 너희들 몫이야."

엄마는 우리만 남겨두고 방으로 들어가더니 온갖 꽃으로 화사하게 장식된 파란색 나무 상자를 들고 왔다. 손에 상자를 든 채로 아버지가 준 흔들의자에 앉았다. 엄마는 상자를 무릎에 놓고 끌어당겼지만 열지 않았다.

"조시 영감님이 나에게 만들어 주셨지."

꿈이라도 꾸듯이 엄마가 말했다.

"나에겐 아비나 같은 분이셨다."

나와 누나는 고개를 끄덕였다. 그래도 우리는 잘 알지 못했다. 조시 영감님은 우리가 태어나기 전에 돌아가셨다.

"여태까지 소중한 물건들을 여기에 담아두었단다, 잔돈까지도. 어린 시절에 캐시, 너를 처음 가졌을 때부터 번 돈을 여기에 모았어. 큰돈은 아니고 자투리 시간에 일을 해서, 조금조금 모은 푼돈이란다. 전쟁이 한창일 때는 돈 구경하기도 힘들었지. 하지만 그다음에 서서히 형편이 풀렸고, 네 아비 집에서 허드렛일을 하거나 음식을 만들면서 돈을 벌었어. 텃밭에서 농사도 지었어. 암탉이나 뿔닭(편집자 주 : 칠면조와 외모가 비슷한 닭) 등의 달걀을 시내에 내다 팔았어. 아비가 너희를 보살폈지만, 나도 내 몫을 다 했어. 네 아비더러 너희 물건을 모두 사달라고 하지는 않았다. 많지는 않다만, 혹시 일이 생기면 필요할까 봐 모아 둔 잔돈이야. 네 아비야 우리에게 늘 자상했어도, 나는 무조건 남자에게 기대지 않았어. 자기 땀을 흘려서 얻은 게 바로 진짜더구나."

엄마가 상자의 뚜껑을 두들겼다.

"내가 푼푼이 모은 돈이 이 안에 들어 있다. 그밖에도 전쟁 전에 너희 아비가 주었던 큼지막한 시계와 줄이 들어 있어. 낡기는 낡았다만, 네 아비가 나에게 읽기, 쓰기, 셈을 가르쳐 줄 때 그 시계로 시간도 가르쳐 주었지. 폴, 시계는 네가 가졌으면 좋겠구나. 너희 아비가 주었던 금속갑도 네가 가지렴. 캐시. 나머지 것들은 네가 가져. 너희 할머니 에멀린이 만들어주신 물건들인데, 다른 사람에게는 아무런 가치가 없긴 해. 조그만 밀짚가방이니, 손수 만들어준 수건이니, 어렸을 때 조시 영감님이 씨앗으로 만든 팔찌니 뭐 그런 것뿐이야."

엄마는 손으로 상자를 어루만졌다.

"흠, 네 할애비는 너희 할머니는 물론 그 어떤 사람에게도 속박되지 않았어. 나는 뵙지도 못했다. 인디언 출신이라 부족과 함께 길을 떠나야 했어. 그래서 조시 영감님이 아비 노릇을 해 주었고, 아까 말했듯이 이 상자도 만들어 주셨지. 상자 위에 꽃을 그려 넣고 자물쇠도 달아주셨단다. 내가 처녀가 되어 너희 아비가 쫓아다닐 무렵에 영감님이 이걸 만들어주셨지. 영감님은 그딴 일로 울지 말라고 달래면서, 생각과 눈물과 귀중품을 상자에 넣고 잠그라고 말씀하셨어. 지금까지 그 말씀대로 했지."

엄마는 우리를 쳐다봤다. 엄마의 목소리는 자애로웠다.

"엄마는 언제나 너희들이 너희 자신의 것을 갖고 사는 게 소원이다. 캐시는 남편이 있고 곧 아기도 생길 테지. 하워드와 가게가 있으니 앞으로 행복하게 살아갈 게야. 캐시! 너에 대해서는 걱정이 없구나. 폴! 너는 앞으로 무엇을 하고 싶은지 아직 결정하지 못했지. 시간은 충분해. 그래도 무엇을 하던지, 너만의 것을 갖기를 바란다. 그게 제일 중요해. 꼭 너만의 것을 가지도록 해라."

엄마는 상자를 다시 한 번 어루만지더니, 일어나 상자를 갖고 들어갔다. 끝내 상자를 열어 보여주지 않았다.

가족

배신

    가을이 되자, 아버지는 자신의 말대로 나와 로버트를 학교로 보냈다. 로버트를 사바나에 있는 남학교로 보냈고, 나를 메이콘으로 보냈다. 나는 유색인학교를 다니며 가구 일을 배워야 했다. 아버지가 직접 나를 데리고 갔다. 가면서 아버지가 말했다.

    "이제 만날 사람은 점잖은 사람이기는 하나, 나처럼 너를 돌봐 주리라고 기대하지는 마라. 네가 일을 열심히 하고 말썽을 부리지 않으면, 잘 데리고 있겠노라고 약속했다. 한 가지, 자기 가족 주변에서 얼씬거리지 말라고 당부하더구나. 딸을 셋 가지고 있으니 당연한 말이다. 아예 멀찌감치 떨어져 지내라. 절대로 백인 소녀와 눈이 맞으면 안 된다!"

    엄마에게는 그 반대로 했던 아버지를 생각하며 물끄러미 아버지를 쳐다봤다.

    "알았느냐? 폴!"

"예."
"그 아저씨의 말을 따르면 너는 학교도 다니고 장사도 배울 수 있으니, 마음을 굳게 먹도록 해라. 지내기에 다소 불편하겠지만 그 대신 많이 배울 게다. 말이 별로 없는 사람이니, 그 사람 말을 귀담아 들어라."
아버지가 옳았다. 조시아 핀터는 과묵했다. 그러나 그 사람의 말은 직설적인 데다 정곡을 찔렀다. 아버지가 떠나자, 핀터가 이야기를 꺼냈다.
"네 이야기는 들었다. 너와 네 아버지의 이야기였지. 네 아버지가 말하지는 않았지만 모두가 다 아는 비밀이다. 남자가 그런 짓을 했다 쳐도 나에게는 아무런 피해가 없으니 참견할 바 아니지. 네 아버지와 사업상 일을 많이 했다만, 네가 내 딸 누구에게라도 눈독을 들이면, 네 아비가 뭐라고 하든, 네 가죽을 홀랑 벗겨 놓을 테다. 알아듣겠냐?"
나는 핀터의 눈을 똑바로 쳐다보았다.
"알겠습니다."
핀터는 고개를 끄덕였다.
"들은 대로 똑똑한 것 같군. 한번 잘 지내보자."
그러더니 바로 일을 시켰다.
아버지가 했던 말은 모두 옳았다. 조시아 핀터는 장사 수완이 좋았으며, 나를 가르치는 데에 부족함이 없었다. 나는 아침이면 학교에 갔고, 오후가 되면 조시아 핀터 밑에서 일을 배웠다. 핀터는 철저하게 일을 시키는 데다 오랫동안 일을 시켰다. 그래서 핀터가 쉬러 가는 늦은 밤에라야 학교공부가 가능했다. 나는 집 뒤에 있는 창고에서 잠을 자며 식사도 혼자서 해결했다. 그래도 핀터는 나를 공정하게 대했다. 솜씨가 인근에서 가장 뛰어났고, 나는 기술을 차근차근 익혀나갔다. 그와 함께 식탁에 앉아 식사하지 않는다고 해서 서러울 게 하나도 없었다.

나는 배우는 속도가 빨라서, 이내 탁상이나 가구 소품 정도는 거뜬하게 만들 수 있었다. 아직 핀터의 견습생이지만, 웬만한 물건은 문제없었다. 눈썰미가 있는지라 배웠든 안 배웠든 어떤 물건이든지 척 보면 어떻게 만들어야 할지 감이 왔다. 여전히 수습생이었지만, 사람들은 내 물건을 장인의 솜씨라고들 했다. 어떤 사람들은 더 낫다고 평가하기도 했다. 학교 수업도 열심히 했는데, 과연 계속 학교 공부를 해야 할지 결정하지 못했다. 듣자니, 교사가 되거나 유색인 분야에서 일할 수 있다고 했다. 하지만 나는 스스로 정말 무엇을 원하는지 결정을 못 내린 상태였다. 여전히 그 답을 얻지 못하고 있었다.

공부와 일 때문에 늘 잠이 부족했지만, 그런 걸로 불평을 하지 않았다. 잠은 그 정도면 충분했고, 학교 공부나 목공일을 더 배우고 싶었다.

고민거리가 한 가지 생겼는데, 핀터의 둘째 딸인 제시였다. 그 애는 틈만 나면 나에게 눈길을 주었고, 자신의 아버지가 없다 싶으면 졸졸 따라다녔다. 제시는 나처럼 10대였는데, 자신의 아버지에게서 내가 유색인이라는 사실을 듣고도 개의치 않는 눈치였다. 제시는 이렇게 말했다.

"그런 건 나에게 중요하지 않아. 너도 사람이고 나도 사람이야. 왜 친구가 될 수 없다는 거니?"

나는 대꾸하지 않았다. 한마디라도 말을 섞고 싶지 않았다.

아버지 집에 돌아와 보니 마침 로버트가 있었다. 나는 제시 이야기를 꺼내며, 제시가 나한테 말을 못 붙여 안달이 났다고, 핀터가 타박을 하는 데도 소용없다고 털어 놓았다. 로버트가 물었다.

"혹시 너를 골탕 먹이려고 그럴까? 그러는 미친년들도 있거든."

"아니. 그건 아닐 거야."

로버트가 충고했다.

"그럼 그 짓을 그만두지 않으면 너에게 무슨 일이 생길지 말해 주지 그래? 걔 아버지가 해준 말을 그대로 전해. 네 가죽을 벗기겠노라는 이야기 말이야."

나는 아무 말 없이 고개만 끄덕였다. 로버트가 나를 찬찬히 바라보았다.

"혹시 걔가 말을 걸어주면 좋냐?"

"거기에서 알고 지내는 아이라곤 걔뿐이야."

로버트가 말했다.

"내 말 잘 들어. 절대로 백인 여자랑 사귀지 마. 학교에서 들은 이야기인데, 듣고 나면 구역질이 날 거야. 가끔 자기 식구들이 유색인에게 했던 일을 마치 낚시라도 다녀온 양 마구 떠벌리는 애들이 있어. 한 놈이 그러는데, 자기 아버지랑 친척들이 야외 여자 화장실 옆에서 유색인 한 놈을 붙잡았대. 유색인은 들판을 그냥 지나가던 참이라고 했지만, 화장실에서 나온 여자는 그놈이 판자 틈으로 들여다봤다는 거야. 그 말을 듣고 사람들이 그 자리에서 그놈을 목매달았대! 백인들이 그렇게 한단 말이야. 네가 희게 보인다고 해도 막상 유색인이라는 사실이 밝혀지면 어쩔 수 없어. 그 백인 자식은 그 남자를 목매단 일을 자랑스럽게 떠벌리면서 낄낄댔어. 폴, 넌 정말 그 여자애를 조심해."

나는 고개를 끄덕였다. 로버트는 잠시 이야기를 쉬더니 다시 꺼냈다.

"너에게 크리스티안과 퍼시 웨이벌리가 나랑 같은 학교에 다닌다고 말했잖아. 그 자식들도 유색인 이야기를 하는 놈들이랑 어울려."

"그래?"

"응, 자기들이 알고 있는 이야기를 신나게 떠들어대더라."

"그러겠지."

"저기, 나에 대해서……그러니까 사실은 네 일을 가지고……아주 못살게 굴거든."

"무슨 일로?"

"주로 아버지를 들먹거리면서 우리 가족이 유색인들이랑 사이좋게 지낸다고 놀려대."

그 말을 하면서, 로버트가 옆으로 슬쩍 궁둥이를 옮겨 앉았는데, 나는 서운했지만, 로버트는 부끄러웠던 모양이다.

"너는 그 자식들이 아버지 이야기를 함부로 입에 담는 데도 가만히 두었어?"

내가 추궁했다. 로버트는 얼른 나를 보았다.

"절대 아니야! 걔들이랑 그것 때문에 얼마나 싸웠는데!"

로버트의 표정을 찬찬히 살피며 말했다.

"아버지에게 말했나?"

"뭐하러? 아버지는 웨이벌리 아이들 일은 나더러 해결하라고 하실 텐데. 예전에 네가 미첼과 동네 아이들 일을 처리했듯이 말이야. 학교 다니기도 고달픈데, 걔들까지 헛소문을 퍼트리니 죽을 맛이야."

"너도 나도, 좋은 일이라곤 하나도 없구나."

로버트도 그 말에 수긍했다.

"우리 둘 다 그냥 여기에 함께 있으면 좋겠다."

"그러게. 그런데……앞으로는 그럴 일이 없을 것 같아."

****

　제시 문제는 로버트의 충고를 받아들였다. 메이콘으로 돌아가 로버트가 시킨 대로 그 이야기를 했다. 그 이야기뿐만 아니라, 으슥한 밤, 길거리 모닥불 옆에서 나지막한 소리로 전해지던 소문도 들려주었다. 나를 친구로 생각한다면, 나를 그냥 내버려두라고 부탁했다. 나는 기술을 익히고 공부를 하러 왔지 친구랑 놀러 온 게 아니라는 이야기도 함께 했다. 제시는 설명을 듣더니 돌아섰고, 그 뒤로는 꼭 필요한 때만 말을 붙였다.

　메이콘에 머물면서 두 달에 한 번 꼴로 집에 들렀다. 아버지나 형들이 집에 있으면 직접 나를 데리러 왔고, 집에 없으면 아버지 농장에서 일하는 일꾼들이 오기도 했다. 집을 떠난 1년 동안은 향수병에 시달려 집에 갈 날만 기다렸다. 아버지는 언제나 나와 로버트를 같은 날짜에 집에 오게 했다. 그때마다 우리는 밤이 새도록 서로에게 일어났던 일로 이야기꽃을 피웠다. 1년이 흘러 다시 여름이 돌아왔는데, 로버트는 여름 내내 집에서 지냈지만, 나는 도제 교육 때문에 며칠만 더 머물러야 했다. 그나마 몇 주 동안은 아예 집에 갈 수도 없었다. 조시아 핀터는 일이 많아 내가 필요하다고 했다. 핀터는 일이 끝나는 대로 데려다 주겠다는 편지를 아버지에게 보냈다. 핀터가 나를 집에 데려다 주었을 때는, 이미 로버트가 학교로 돌아가고 없었다. 우리는 전처럼 이야기를 나누지 못했다. 로버트는 고작 한 번, 학교 때문에 눈코 뜰 새가 없다는 짤막한 편지를 보내었다. 드디어 로버트를 다시 만나게 되었는데, 로버트는 웨이벌리 아이들 이야기를 잔뜩 늘어놓았다.

　"걔들 엄마가 한 달 쯤 전에 돌아가셨대."

"그래?"

"몇 주 동안 학교를 결석했어."

"편지에는 그런 내용이 없던데. 걔들은 학교로 돌아와서 어떻게 좀 나아졌냐?"

"그냥 비슷해."

"그러면 아직도 너를 들들 볶아?"

"아, 그 정도로 나쁜 애들은 아니야."

로버트가 두둔하고 나섰다.

"그렇게 나쁘지 않다니? 무슨 소리야? 그 애들이 뭐가 그렇게 나쁘지 않은데?"

"그러니까 내 말은, 그냥 보통 아이들이라는 거지."

"보통 아이들?"

나는 내 형제를 빤히 쳐다보며, '오호!'라고 중얼거렸다. 그 말은 우리끼리 '다 안다.'는 뜻으로 쓰던 표현이었으나, 로버트는 나를 쳐다보다가 고개를 돌렸다. 우리 둘은 더는 웨이벌리 아이들 이야기를 하지 않았다.

다음 집에 갔을 때는 크리스마스 전날이었다. 핀터가 데려다 주었다. 아버지는 일 때문에 잠시 집을 비웠고, 곧 돌아온다고 했다. 누나와 매형도 오기로 했으며 형들도 마찬가지였다. 성대한 크리스마스가 될 듯했다. 로버트는 벌써 집에 와 있다는 이야기를 들었다.

"그럼, 로버트는 어디 갔는데요?"

엄마에게 물었다. 엄마는 로버트에 대해 묻는 게 그다지 달갑지 않은 듯한 표정이었다.

"웨이벌리 아이들이랑 나갔다."
"웨이벌리? 퍼시와 크리스티안?"
"그래. 로버트와 함께 이틀 전에 왔다."
엄마는 실눈을 뜨고 나를 바라보았다.
"로버트가 걔들이 온다고 이야기 안 하던?"
나는 고개를 저었다.
"한동안 로버트에게서 소식을 못 들었어요."
엄마가 한숨을 내쉬었다.
"어쨌든 다들 여기에 있어."
나는 이상한 생각이 들었다.
"그런데 왜 걔들을 집에 데려왔지? 좋아하지도 않는데."
"다 변하기 마련이지. 로버트가 초대했나보더라. 네 아비도 갑자기 엄마를 잃은 아이들이 안쓰러웠는지 그 집 아비와 꼬마 아이까지 미리 불렀단다. 올해 크리스마스에는 사람들이 많이 모이겠구나."
엄마가 내 눈치를 살폈다.
"로버트가 너와 보낼 시간이 있으면 좋으련만."
"그게 무슨 소리예요?"
엄마는 말을 시작하다가, 돌아서서 분주하게 몸을 놀리며 말을 얼버무렸다.
"찾아보지 그러니. 그 말이 마음에 걸리면 말이다."
무슨 말인가 해서, 곧장 로버트를 찾아 나섰다. 그런데 예기치 않게 미첼을 만났다.
"집에 왔다는 말을 들었어."

미첼이 말을 건넸다.

"방금 왔어. 잘 지내지?"

"늘 그렇지. 얼마나 있을 거냐?"

"새해 첫날까지만."

"나보다 더 오래 있겠구나."

"무슨 소리야?"

"여기는 이제 끝장이야. 나는 뜰 거야."

"그래?"

나는 좀 놀랐다. 저나 나나 별 볼일 없는 처지인 건 매한가지이지만, 지난 몇 년간 내 생각이 변하긴 했지만, 우리 둘에겐 아직은 이 땅이 고향이었다.

"그럼 어디로 갈 건데?"

미첼은 어깨를 으쓱 올렸다.

"아직은 모르겠다. 무조건 떠날 거야."

그러면서 고개를 돌려 먼 곳을 바라보는데 얼굴 한쪽이 부어 있었다.

"또 싸웠구나?"

이제는 아무 거리낌 없이 그런 말이 튀어 나왔다. 미첼이 나를 돌아보았다.

"그렇다고 할 수 있지."

나는 싱긋 웃었다.

"상대 녀석은 볼만 하겠는걸."

"아니. 나는 한 대도 못 쳤다."

나는 아무 말도 할 수 없었다. 이해한다는 듯이 미첼이 나를 보았다.

미첼의 아버지가 미첼에게 손찌검을 하는 것은 다 아는 공공연한 사실이었다. 미첼의 아버지는 다른 7명의 자식들에게도 채찍을 휘둘렀으며 부인도 예외는 아니었다. 나는 미첼을 특별히 좋아하지 않았지만, 아버지에게 아저씨의 손찌검을 막아달라고 부탁한 적이 있었다. 아버지는 일언지하에 거절했다.

"이건 그 사람들의 가족 문제야. 남북전쟁 전이라면 참견할 수도 있겠지. 하지만 남자들의 사사로운 일에는 개입하지 않는 게 좋아. 윌리는 성실한 일꾼이니, 괜히 이 문제로 불편해지고 싶지 않구나. 그 사람은 자기 가정을 꾸려 나가고, 나는 내 가정을 이끌면 된다."

미첼이 한마디 하며 돌아섰다.

"이제 가야겠다."

"내일은 얼굴을 못 보겠네. 크리스마스 잘 보내라."

미첼이 어깨 너머로 흘낏 돌아보며 말했다.

"그래, 너도."

****

로버트를 처음 찾기 시작한 때는 12시께였다. 그래서 저녁식사 때는 돌아오겠거니 생각했는데, 그게 아니었다. 아버지는 집에 돌아왔고, 웨이벌리와 잭도 돌아왔다. 아버지에게 인사를 드리고는 베란다에서 기다렸다. 로버트와 웨이벌리의 아이들이 오지 않은 상태로 식사가 시작되자, 로버트를 다시 찾아 나섰다. 마침내 발견했는데, 그들은 집에서 조금 떨어진 곳에서 걸어오고 있었다. 애팔루사와 함께였다. 애팔루사는 고개를 툭 떨어뜨리고, 숨을 거칠게 몰아쉬고 있었다. 온몸이 땀투성이였다. 크리스티안이 고삐를 쥐고 있었다. 나는 로버트를 본체만체하고, 급히 애팔루사에게 다가갔다.

"무슨 일이야?"

내가 애팔루사의 머리를 톡톡 두드려 주려 하자 애팔루사가 뒤로 물러섰고, 크리스티안이 고삐를 떨어뜨렸다. 나는 고삐를 주워 쥐고 애팔루사에게 말을 걸며 달랬다.

"나야, 애팔루사! 나야, 폴!"

호주머니에 사과조각이 하나도 없었다. 아이들과 떨어진 곳으로 데려가서 속삭이며 쓰다듬었다. 숨을 쉴 때마다 내 심장박동을 함께 느끼도록 머리와 가슴을 살며시 기댔다. 크리스티안과 퍼시가 피식거리며 웃었다.

"도대체 뭔 짓을 하는 거냐?"

크리스티안이 물었다. 나는 못 들은 척 했다. 눈을 감고 애팔루사의 머리를 꼭 껴안았다. 처음에는 숨을 가쁘게 몰아쉬더니 점차 숨소리가 잦아들었다. 내가 눈을 뜨고 무슨 일이냐며 묻자, 웨이벌리 아이들은 다시 히죽거렸다. 로버트는 대답을 하지 않고, 크리스티안이 대신 입을 열었다.

"야, 로버트, 여기는 깜둥이들에게 이렇게 인사하라고 가르쳐!"

로버트가 크리스티안에게 말했다.

"내가……내가 말했잖아. 우리는 그런 말을 안 써."

"왜 안 되는데? 깜둥이를 다른 말로 하면……도대체 뭐냐! 우리는 손님으로 왔으니 이 집의 법을 따라야겠지? 퍼시?"

"그런 것 같네."

크리스티안의 동생이 맞장구를 쳤다. 나는 웨이벌리 아이들을 무시했다.

"로버트, 애팔루사에게 무슨 일이 있었어?"

로버트와 나는 몇 년 동안 말 이름 때문에 옥신각신했다. 나는 '애팔루샤'의 발음 소리와 입술 모양이 마음에 들었다. 서부와 애팔래치아 산맥의 이미지도 좋아했다. 게다가 그 말은 로버트의 말이라고 하기보다는 내 말이라고 하는 게 옳았다. 이름을 건 내기에서 진 뒤로 로버트는 애팔루사를 한 번도 타지 않았기 때문이다. 결국 이름은 내 뜻대로 결정되었다. 로버트도 내가 명명한 이름을 불렀다. '로버트?'라고 물었지만 아무 대꾸가 없었고, 애팔루사가 마치 대답이라도 하듯이 히히힝! 거렸다. 몸을 돌려 땀에 젖은 털을 토닥거리자니 처음으로 피가 눈에 들어왔다. 나는 로버트와 웨이벌리 아이들을 다시 쳐다보았다.

"이게 뭐야?"

퍼시가 대꾸했다.

"뭐라고 생각해?"

나는 아랫입술을 깨물며 울화통을 참으려고 했다.

"채찍으로 맞았나 본데."

퍼시가 코웃음을 쳤다.

"그래. 그래서 뭐?"

나는 로버트를 돌아 봤다.

"무슨 일인지 말해 봐."

"그게……아무것도 아니야, 폴……대단한 일이 아니라고."

로버트는 더듬거리면서도 일부러 유쾌한 척 했다.

"무슨 뜻이야? 아무것도 아니라고? 누가 말을 탔는데?"

크리스티안이 배포 좋게 대답했다.

"내가 탔다. 퍼시도 탔어. 제대로 말을 탈 줄 아는 사람이 오랜만에 저 말을 타 드렸지."

나는 크리스티안을 노려보았고 이내 믿지 못하겠다는 표정으로 로버트를 보았다.

"애팔루사를 타라고 허락했어?"

"그러니까⋯⋯그랬는데⋯⋯그러면 안 돼? 예전에 얘들 것이었잖아."

"그래, 전에 그랬지! 쟤들은 그때 저 말을 탈 줄도 몰랐지. 지금도 마찬가지야! 애팔루사를 보란 말이야!"

"야! 저 자식이 너에게 버릇없이 입을 놀려도 돼?"

퍼시가 로버트를 보고 소리 질렀다. 나는 부아가 치밀어서 퍼부어댔다.

"로버트든 니네 형제든 말을 꼭 해야겠어! 이 말에게 어떻게 했어? 어떻게 이딴 식으로 말을 탈 수 있어? 말에게 채찍을 써? 로버트! 얘들을 내 애팔루사에 태우다니, 너 멍청이냐?"

로버트가 반문했다.

"내 애팔루사?"

크리스티안이 목청을 높였다.

"멍청이? 야, 너는 백인을 멍청이라고 불러?"

로버트의 목소리에 날이 서 있었다.

"그런다고 욕을 하냐! 폴!"

나도 되받아쳤다.

"그럼 뭐라고 말해줄까? 이 말을 보라고."

퍼시가 다시 소리를 질렀다.
"로버트! 저 자식이 이 따위로 말해도 되냐고."
크리스티안이 또박또박 으름장을 놓았다.
"흰 깜둥이가 똑똑한 척 나불거리는데도 그냥 두겠다면, 내가 손을 봐 주마!"
로버트가 이번에는 깜둥이라는 말에 토를 달지 않았다. 그걸 알아차린 순간, 나는 몸을 돌려 애팔루사와 함께 숲을 향해 걸었다.
"어디 가는 거야?"
로버트가 다그쳤다. 나는 쏘아붙였다.
"무슨 참견이야? 너야 어차피 애팔루사를 못 타잖아. 그러니 얘가 무슨 짓을 당해도, 어디를 가도 상관이 없잖아."
로버트가 명령을 했다.
"그 말을 여기에 놔 둬!"
나는 발걸음을 멈추고 돌아서서 로버트를 똑바로 보았다.
"무슨 짓을 하려고? 너랑 저 바보 녀석들이 애팔루사를 돼지도록 패려고?"
"그래!"
크리스티안이 소리 지르며 나에게 한달음에 달려들었다. 로버트가 크리스티안의 팔을 잡으며 막았다.
"폴! 입 조심해!"
나는 로버트를 물끄러미 보다가 애팔루사와 그냥 돌아섰다.
"폴! 가면 안 돼!"
"로버트 로건, 너 백인 맞아? 이 깜둥이를 그냥 내버려둔다면, 내가 맹세하는데…….”

로버트가 쫓아와서 내 팔을 잡아챘다.

"내가 멈추라고 했지!"

"네가 멈춰!"

나는 그렇게 소리치며 뿌리쳤다.

내가 로버트를 노려보자 로버트도 노려보았다. 나는 아이들을 매섭게 쏘아보고는 다시 숲 쪽으로 돌아섰다. 로버트가 왼손으로 내 팔을 잡는가 싶더니 오른손으로 내 턱을 올려쳤다. 나는 뒤로 비틀거리면서 고삐를 놓쳤다. 로버트가 때릴 수 있다고 한번도 생각해 보지 못했다. 로버트는 제정신이 아니었고, 나도 마찬가지였다. 전에도 서로 화를 낸 적이 있지만 남들 앞에서는 그러지 않았다. 그런데 이번에는 달랐다. 예전에는 남들이 오면, 싸우다가도 안 싸운 척하고 둘 다 가만히 서 있었다. 지금은 그게 아니었다.

처음에는 로버트도 나를 치고서 어리둥절한 모양이었다. 그러더니 다시 와락 덤벼들어서 나를 땅바닥으로 넘어뜨리고는 주먹을 휘둘렀다. 정신을 차린 나는 몸을 돌려, 로버트를 바닥에 눕혀놓고 형제든 아니든 모른다는 심정으로 주먹질을 했다. 내 속에서 부글부글 끓어오르는 노여움은 전에 미첼이나 알타나 다른 아이들과 싸울 때와는 비교가 되지 않았다. 로버트가 나를 배신했다는 사실에 참을 수 없을 정도로 마음이 아팠다. 나는 미친 듯이 화를 내며 로버트를 두들겼다.

웨이벌리 아이들이 로버트에게서 나를 밀어내고 때리기 시작했다. 미첼과 싸웠던 경험이 이럴 때 도움이 되었다. 크리스티안보다 키는 작았어도, 크리스티안과 퍼시에게 주먹을 안겨주고 이내 그들의 손아

귀에서 벗어났다. 한 손으로 배를 움켜잡고 다른 손으로는 애팔루사의 고삐를 쥐고 숲 속으로 달려갔다. 웨이벌리 아이들이 쫓아왔다. 하지만 나는 숲을 잘 알았고 그들은 몰랐다. 나는 눈에 띄지 않는 숲길만 골라 들어가며 아이들을 떼어놓았다. 마침내 아이들을 따돌리고 애팔루사와 함께 개울로 갔다. 애팔루사를 개울 가운데로 데려가 목을 축이게 했다. 물을 실컷 먹이고는, 안장을 벗겨 둑 옆에 내려놓았다. 그리고 피 묻은 셔츠를 벗어서 물에 적신 다음, 상처를 피해 애팔루사를 닦아주었다. 내가 조용히 이야기했다.

"걱정하지 마. 마구간으로 가서 연고를 바르면 나을 거야."

애팔루사는 내 이야기를 알아들은 듯 히히힝! 울음소리를 냈다. 말이 안정을 찾은 듯 보이기에, 내 상처를 살펴보았다.

****

애팔루사를 이끌고 마구간으로 향할 즈음에는 해가 회색빛 겨울하늘에 뉘엿뉘엿 지고 있었다. 내 손에는 안장이 들렸고, 애팔루사가 뒤따라왔다. 아버지가 마구간 앞에 있었다. 웨이벌리 아저씨, 크리스티안, 퍼시와 잭도 있었다. 로버트의 모습도 보였다. 마구간 안에는 미첼과 미첼의 아버지가 말을 돌보고 있었다. 다가가니 아버지가 채찍을 손에 단단히 감아쥐고 있었다. 손가락 관절이 하얬다. 아버지가 애팔루사를 보았다.

"무슨 일이냐?"

"크리스티안에게 물어보세요."

"너에게 물었다."

나는 로버트와 크리스티안을 흘낏 보았다.

"로버트가 크리스티안과 퍼시를 애팔루사에게 태우는 바람에 말이 이 모양이 되었어요."

아버지는 웨이벌리 아이들에게는 눈길도 주지 않고 애팔루사를 바라보며 물었다.

"말은 괜찮으냐?"

"예. 때린 상처자국을 제외하면요. 아직도 피가 흐르네요."

"그럼 윌리더러 데려가라고 해라. 애팔루사를 치료할 거다."

자기 이름을 듣고 미첼 아버지가 재빨리 마구간에서 나와 애팔루사를 안으로 들였다. 나도 따라 들어가려 했는데 아버지가 나를 세웠다.

"아니다. 넌 여기 있어라."

나와 아버지는 윌리 토머스가 애팔루사를 살피는 모습을 잠시 지켜보았다. 그러더니 아버지가 나에게 돌아섰다.

"옷을 벗어라."

나는 영문을 몰라 물었다.

"예?"

"로버트가 그러기를 네가 때렸다더구나. 퍼시와 크리스티안까지 때렸다고 들었다."

"쟤들도 저를 때렸어요."

"너를 때렸는지 묻지 않았다. 내가 알고 싶은 것은 네가 때렸냐는 것이다."

나는 솔직히 털어놓았다.

"제가 때렸어요. 하지만 쟤들이 먼저 덤볐어요. 로버트가 크리스티안과 퍼시에게 애팔루사를 타게 했고 쟤들이 먼저……."

아버지는 내 말머리를 싹둑 잘랐다.

"그 이야기는 듣고 싶지 않다. 쟤들이 뭘 했든, 다른 것은 중요하지 않다. 꼭 알아두어라, 폴. 지금이라도 마음에 새겨두면 다시는 백인 어른을 때리지 않을 게다. 다시는……."

나는 믿을 수 없어서 아버지를 멀뚱히 쳐다보다가 물었다.

"언제부터 로버트가 어른이 되었나요?"

"지금부터다."

아버지는 단호하게 말했다.

"그렇다면 저도 어른이겠네요."

나는 대들듯이 따졌다.

"너야 백인 어른이 아니다. 꼭 기억해둬라, 폴. 그렇게 보이더라도 너는 백인이 아니야."

"그게 내 잘못은 아니잖아요? 에드워드 님과 엄마 때문이지요."

"네 엄마는 가만히 둬."

"에드워드 님은 안 그랬잖아요."

우리 사이에 침묵이 흘렀다. 주변에도 정적이 감돌았다. 마구간 뒤쪽에서 미첼의 아버지가 애팔루사를 보살피고 있는 게 보였지만, 고요했다. 미첼이 서서 지켜보고 있었다. 웨이벌리 아이들도 나를 지켜보았다.

"폴."

이윽고 흘러나온 아버지의 목소리는 단호했지만 착 가라앉았다. 뭔지 모르지만, 마음속의 감정을 꾹 억누르는 듯했다.

"그 잘난 입을 자꾸 놀리면 널 기다리는 건 죽음뿐이야. 백인 어른을 때려서도 안 되고, 백인들에게 버르장머리 없이 말대꾸해서도 안 된다. 옷을 벗어라."

"어째서요?"

"너에게 쓰디쓴 교훈을, 그것도 당장 이 자리에서 가르쳐줄 거다. 옷을 벗어라. 안 그러면 칼로 네 옷을 찢겠다."

아버지는 그렇게 이야기하며 채찍을 풀었다. 나는 로버트를 가리켰다.

"쟤는요? 쟤도 매를 맞나요?"

"내가 걱정하는 것은 로버트가 아니다. 걱정하는 것은 너야. 옷을 벗어라."

내가 흘깃 보니 웨이벌리 아이들은 저쪽에 서서 내가 매 맞기를 기다리고 있었다. 이 모든 일의 원인이 된 로버트가 입술을 깨물고 서 있는 게 보였다. 나는 아버지에게 말했다.

"공평하지 않아요."

"누가 공평에 대해 말하더냐?"

아버지의 시선을 받으며 옷을 벗었다. 모든 사람들이 지켜보는 가운데 나는 발가벗었다. 벗고 나니 전에는 느끼지 못했던 감정이 밀려왔다. 벌거숭이라는 느낌이 아니라 낡고 남루한 신발 한 짝이 된 느낌이었다. 외로웠다. 아버지가 채찍을 들었다. 채찍은 제대로 날아들었으나, 나는 비명도 지르지 않고, 눈물 한 방울도 흘리지 않았다. 아버지는 채찍으로 내 등을 내리치고 또 쳤다. 나는 벌거벗은 채로 수치심에 부들부들 떨었고, 한때 내 땅이라고 여겼던 땅을 보며, 예전에 가족이라고 여겼던 사람들을 떠올렸다. 아버지가 매질을 마치자 나는 천천히 옷가지를 주워들고, 마지막으로 로버트를 노려본 다음에, 벌거벗은 몸으로 숲 속으로 달아났다.

****

혼자서 숲 속에 얼마나 오래 있었는지 나는 알지 못한다. 옷을 입고 나서 개울둑에 앉아 있자니 시간이 흐르는 것도 잊어버렸다. 어둠이 밀려왔지만 상관없었다. 엄마가 나를 기다리고 누나와 매형이 지금쯤 집에 도착했을 테지만 상관없었다. 조지 형과 하몬드 형도 지금쯤 집에 왔겠지만 별 볼일 없었다. 크리스마스였지만 나와는 상관없었다. 어차피 크리스마스 같지도 않았다. 온통 어두움뿐이었다. 그래도 어둠은 내 얼굴을 감추어 주었다.

어둠 속에서 불빛이 다가오는 게 보였다. 얼굴은 안 보여도 아버지라는 걸 알았다. 아버지가 다가와서 내 앞에 섰다. 등불이 우리 두 사람에게 노란색 불빛을 던져 주었다. 아버지가 둘 사이에 등불을 내려놓고 앉았다. 아버지는 처음엔 말이 없었다. 잠시 동안 개울물이 졸졸거리는 소리와 숲 속의 밤 새 소리와 두 사람의 숨소리만이 들렸다. 나는 몸을 일으켰다.

"앉아라! 폴."

나는 다시 주저앉아서 돌멩이를 집어 개울로 던졌다. 물이 튀어 올랐고, 나는 다시 돌멩이를 던졌다.

"제가 여기 있는 걸 어떻게 아셨어요?"

나는 아버지를 슬쩍 보며 돌멩이를 다시 들었다.

"내가 못 찾을 성 싶냐?"

"화가 많이 났을 테지."

나는 또 돌멩이를 던졌다.
"지금은 내가 미울 거다. 그렇다고 야단칠 생각은 없다. 하지만 내가 한 일을 사과하지는 않겠다. 진작 네가 알았어야 할 일들이다. 네 목숨을 구하는 게 그 길뿐이라면, 나는 다시 채찍을 들어서 두 배 더 세게 패릴 거야."
"목숨을 구해서 뭐 하게요? 백인들이나 내 형제 앞에서 굽실거리며 춤추라고요?"
"필요하면 그렇게라도 해야지."
나는 으르렁거렸다.
"네 눈에는 그렇게 말하는 내 마음은 편해 보이나 보다."
"아닌가요?"
"유색인이 되면 어떤 기분일지 나야 모른다. 그래도 유색인의 아버지로 사는 사람의 심정은 정확히 알고 있다. 너에게 속내를 털어놓자면 절대로 마음이 편치 않았다."
나는 아버지를 냉소적인 시선으로 바라보았다.
"많은 사람들 앞에서 나를 때릴 때는 아주 편해 보이시던데요."
"그렇게 생각했니? 그렇지 않았다."
숨을 깊이 들이 마시더니 한숨을 내쉬었다.
"나는 그저 네 목숨을 지키고 싶었다. 그걸 모르겠니? 로버트나 조지나 하몬드를 보호하듯 해서는 너를 지킬 수 없다. 백인이 유색인을 어떻게 취급하는지, 백인이 유색인을 어떻게 대하는지 알고 있다. 백인들이 다 나처럼 너를 대하지 않는다는 걸 일찍 알려주지 못한 것은 내 불찰이다."

"이젠 확실히 알 것 같은데요."

"어쩌면 이제는 알았겠지? 나는 늘 널 지켜주고 싶었다. 너와 캐시를 키우는 방법이 잘못 되었을 수도 있지만, 그저 최선을 다하고 싶었다. 네가 잘못할 때는 매를 들었다. 매는 언제나 사람들에게 뭔가를 가르쳐주지. 다시는 그렇지 않게끔 기억시켜 주지. 오늘은 다르다. 매를 맞은 고통만 기억해서는 안 된다. 좀 전에 맞은 채찍이 아무리 고통스러웠다 해도 앞으로 네가 형제든 친구든 백인을 때리면 오늘과는 비교가 안 될 정도로 가혹한 일이 벌어진다는 사실을 함께 기억해라. 아들아! 백인을 때리면 네 목숨을 내놓아야 하는 것은 물론이고 편하게 죽지도 못한다. 맞아서 죽는 사람을 보았다. 사지가 찢겨 죽는 사람도 보았고, 불에 타 죽는 사람도 보았다."

아버지는 고개를 절레절레 흔들었다.

"그런 일이 너에게 일어나는 것을 보느니 차라리 날마다 매를 들겠다. 그래서 네 평생 아버지인 나를 미워하더라도 말이다."

우리 사이에 다시 정적이 감돌았지만 둘 다 선뜻 깨트리지 못했다. 내가 조용히 내뱉었다.

"로버트가 잘못했어요."

"그건 네 생각일 뿐이야."

"걔가 잘못했어요."

나는 뜻을 굽히지 않았다.

"그럴 수도 있지. 중요한 것은 그게 아니라는 걸 모르겠니? 잘못이든 아니든, 걔는 백인이야. 현실이 그렇다. 로버트는 이제 어른이고 이젠 그게 아주 중요하다."

"나는 전에도 로버트와 싸웠다고요."

"그야 어릴 적이지. 어릴 때는 피부색이 달라도, 아이들이 티격태격하는 장난으로 치부하고, 그냥 넘어가지. 이제는 로버트가 성인이 되었으니 네 마음대로 때리면 안 된다. 네가 진즉에 알았으면 좋았을 텐데. 유색인 아버지라면 그런 사실을 벌써 아들의 뼛속 깊숙이 새겨 놓았을 거야. 네가 꼭 알았어야 할 일을……내가 너무 미루었나 보다."

마지막으로 돌멩이를 던지고는 아버지를 보며 물었다.

"그런데 왜 웨이벌리 사람들 앞에서 그랬어요? 왜 꼭 그 아이들 앞에서 그랬어야 했냐고요?"

아버지와 내 눈이 불빛을 사이에 두고 마주쳤다.

"그들이 여기에 있으니까. 솔직히, 그 사람들이 여기 있으니 너를 때릴 수밖에 없었다. 내가 벌을 주지 않으면 그들은 스스로 자신들을 보호해야 한다고 생각할 거야. 지금이 아니더라도 언젠가는……. 그렇지만 웨이벌리 아이들이 그 자리에 있든 없든 그 일은 꼭 짚고 넘어가야 했다."

"제가 백인이라면 안 그랬겠지요."

아버지는 그 말에 수긍을 했다.

"그럴 필요가 없었지. 잘 들으렴! 폴. 너와 네 누나를 네 형제들과 다르게 키워야만 했다. 설령 내가 아무리 형제들과 똑같이 키운다고 해도, 너희를 네 형제들처럼 대우해 줄 사람은 이 세상 어디에도 없기 때문이야. 사람들이 네 피부색을 아는 순간, 그들의 눈에 너는 그저 유색인일 뿐이다. 내가 해줄 수 있는 거라고는 생활 터전을 마련해주고, 공부를 시키고, 장사를 가르치는 것뿐이야. 그밖에, 세상에서 살아남는 일은 네 스스로 머리를 써야 한다. 얘야! 너는 심지가 단단하다. 똑똑하고. 어찌 보면 지나치게 똑똑하지. 섣부른 생각이 너를 올가미 씌우듯, 유색인이 그렇게 살면 곤경에 빠지게 된단다. 너는 내 아들이다. 네가 아무리 희게 보이더라도, 이 근방의 백인들이 너와 유색인들에게 '깜둥이'라고 부르는 것을 어찌지 못해. 그들에게는 네가 그렇게 보여. 아무리 백인처럼 보여도 네가 백인을 구타하고 비아냥거리면, 사람들이 너를 죽일 거다."

나는 고개를 돌렸다. 아버지는 단호하게 말했다.

"그들은 그렇게 할 거야. 네가 평생토록 이 땅에서 살더라도, 백인들이 너를 쫓아와 죽이려든다면 내가 끝까지 막을 수 있을까?"

아버지가 어깨에 손을 올리는 바람에 나는 질겁했다. 아버지가 내 동작을 느꼈더라면 더는 말을 하지 않았을 것이다.

"폴, 내가 하는 말을 귀담아 들으렴. 나 좀 보거라! 얘야."

마지못해 아버지를 봤다.

"여기는 백인의 나라이니, 유색인이 주먹을 함부로 사용해서는 안 된다. 네가 주먹을 쓴다면 어쨌든 네 목이 매달리거나, 끔찍한 일이 벌어질 거야. 그러니 너의 번뜩이는 머리는 일에만 쏟아라. 폴 에드워드! 머리를 써야지 주먹을 쓰면 안 된다. 알았지? 응?"

대답 없이 서 있다가 몸을 돌렸다. 아버지도 일어났다.

"가서 마음껏 분노를 터뜨리되 내가 한 이야기만은 기억해."

아버지는 내가 뭔가 이야기를 하기를 기다렸다. 그러나 나는 하지 않았다. 아버지가 머뭇거리다가 입을 열었다.

"이것을 내일 크리스마스에 주려고 마음먹었는데 지금 주는 게 좋을 것 같구나."

아버지가 손가락에서 반지를 뽑았다. 나는 그 순간 그 반지를 알아봤다. 가운데에 보석이 박힌 금반지였다.

"그동안 아들들에게 하나씩 주었는데, 이번에는 네가 받을 차례구나. 나로서는 의미가 큰 반지인데, 이제는 네가 갖도록 해라."

"무슨 의미인데요?"

"내 아버지의 반지였다."

아버지는 반지를 나에게 내밀었지만 나는 손을 내밀지 않았다. 아버지가 내 손을 잡고 반지를 내 손바닥에 놓았다. 아버지를 그저 바라볼 뿐 아무런 말을 하지 않았다. 아버지는 고개를 끄덕이며 내 침묵을 받아들였다.

"등불은 갖고 있다가 집으로 가져가렴. 엄마에게 네 등 좀 살펴달라고 해라. 조금 있으면 크리스마스 날이다."

"등불 필요 없어요."

"필요할 거야. 네 길을 밝혀주겠지. 그리고 폴! 명심해라. 머리야, 주먹이 아니고."

그러더니 아버지는 돌아서 갔다. 아버지가 떠나자, 반지를 아버지 뒤에 대고 힘껏 던지려 했다. 하지만 생각을 고쳐먹었다. 반지를 한참 들여다보았다. 전에 아버지의 손가락에서 본 적이 있는데, 이제 보니 아버지의 아버지가 끼었던 반지였다. 그런데 내 반지가 되었다. 어떤 의미가 있는지 생각하지 않기로 했다. 적어도 등에 아무 감각이 없는 상태에서는 그러기 싫었다. 한동안, 반지를 손에 든 채로 개울에 앉아서 이 일을 차분히 생각했다. 마침내 반지를 호주머니에 집어넣고 등불을 껐다. 나는 혼자서 크리스마스를 맞이했다.

****

아침이 되어서야 엄마의 집으로 갔다. 온몸이 욱신거렸고 등은 뻣뻣했다. 겨우 걸을 수 있었다. 동이 막 터오는 시각인데 누나가 현관 계단에 앉아서 나를 기다리고 있었다. 잠옷차림에 어깨에는 숄을 두르고 있었다. 누나는 팔짱을 낀 채로 덜덜 떨고 있었다.

"엄마가 밤새 걱정할 생각은 안 했니? 응?"

내가 다가가자 누나가 물었다. 대답으로 어깨만 으쓱거리고, 누나에게 되물었다.

"얼마나 오래 여기에 앉아 있었던 거야?"

"굉장히 오래. 도대체 무슨 일이기에 밤새 밖에 있었던 거니? 어제 마구간에서 있었던 일을 듣기는 들었다. 엄마가 걱정할 거라는 생각은 못 하니?"

"엄마는 생각하지 못했어."

"참 단순해서 좋겠다! 나랑 매형은 어젯밤에 도착했어. 엄마는 여기에서 혼자 앉아 계시다가 지금은 크리스마스 음식을 차려놓고 흔들의자에 앉아 계셔."

"그러면 매형은 어디 있어?"

집으로 눈길을 주며 물었다. 누나가 내 말끝을 잡아채며 대답했다.

"어디에 있을 것 같아? 자고 있지."

"누나도 매형이랑 있지 그랬어."

"그러고 싶었다만 크리스마스 이브에 네가 숲 속을 헤매고 다니는데,

잠이 오겠니? 내가 널 찾으러 다니려고 했어. 나는 네가 있을 만한 곳을 아니까. 그런데 숲에서 넘어지면 안 된다고 엄마랑 매형이 말리더라."

"그러면 안 되지. 곧 아기를 낳을 거잖아?"

"너도 알고 있구나. 어쨌든 말 돌리지 마. 지금도 네 엉덩이 정도는 패줄 수 있어."

나는 슬며시 웃으면서 누나 옆의 계단에 걸터앉았다. 누나가 물었다.

"어때?"

"괜찮아."

"끔찍해 보인다. 아깐 늙은 영감처럼 걸어오더라."

"고맙군. 딱 그런 기분이야."

누나는 내 이마에 흘러내린 머리카락을 뒤로 넘겨주었다.

"듣기로는 아버지가 채찍만 썼다던데. 아버지가 여기에 이렇게 했을 리는 없고. 누구 주먹에 이렇게 얻어맞았니?"

"솔직히 어제 하도 맞아서 잘 모르겠어."

"등은 어때?"

"홀라당 벗겨졌어."

"연고를 좀 발라야겠네. 어젯밤에 발랐으면 더 좋았을걸."

"안타깝게도 아버지는 매질하면서, 윌리 아저씨를 안 부르더라고. 그랬으면 아저씨가 애팔루사에게 쓰던 연고를 나에게도 슬쩍 발라주었을 텐데."

누나는 싱긋 웃으며 말했다.

"음, 아버지가 거기까지 미리 생각했어야 했는데."

내 웃음도 슬며시 나왔다.

"누나, 아버지가 왜 때렸는지 알아?"

"이야기는 들었어."

"아버지는 다 나를 위해서래."

"그 말이 맞을 거야."

"어떻게 누나까지 그런 말을 해? 나를 이렇게 팼는데?"

누나가 무심하게 대꾸했다.

"시간이 된 거야. 네가 누구인지 알아야 할 시간이 왔어. 전에 말했듯이, 내가 처음 애틀랜타에 갔던 때처럼 말이야."

"아직도 아버지를 용서할 수가 없어. 아버지도, 로버트도 절대로 잊지 못해."

"그것 잘됐구나."

뒤에서 현관문이 삐걱거렸다. 돌아보니 엄마가 현관에 서 있었다.

"절대로 잊지 않겠다니 잘됐어."

나는 천천히 일어나서 엄마와 마주 보았다.

"그래서 집에 돌아오기로 결심한 게냐? 응?"

"걱정을 끼쳐서 죄송해요."

엄마는 한참이나 나를 살펴보았다.

"집에 들어가서 등에 연고 좀 바르자구나."

엄마는 돌아서서 안으로 들어갔다. 나는 발끈했다.

"엄마는 내가 이렇게 됐는데 고작 그 말만 해요? 아버지에게 아무렇지도 않아요?"

엄마는 말을 쏟아냈는데 그때의 표정을 평생 잊을 수 없다.

"그래, 폴, 이 일에 대해 할 말이 있다. 할 말이 많고 많아. 네 아비가 그렇게 해주셔서 기쁘다. 벌써 그랬어야 했어. 네 형제는 백인이지만 너는 백인이 아니라고 수백 번 수천 번 이야기해주었지. 그 형제와 네 사이가 늘 똑같지 않을 때가 올 거라고도 이야기했어. 네 스스로 네 인생을 돌보고 네 것을 찾으라는 이야기도 했다. 귀에 못이 박히도록 말했지만, 너는 들은 척도 않더구나. 너는 그저 네 형제를 믿으려고만 했지. 내가 잔소리하면 할수록, 너는 성질을 부렸고, 네 외모를 이유 삼아 걸핏하면 화를 내더구나. 너에게 입이 닳도록 이야기하고 또 했지. 이제 그날이 왔구나. 메리 크리스마스다!"

엄마가 노려보는 눈길에서 불 같은 분노를 느낄 수 있었다. 그 분노는 나에게만 향한 것이 아니었다. 엄마는 나를 지키려고 애썼다. 그건 사실이었다. 그러나 나는 귀담아듣지 않았다.

그런데 지금 엄마는 나 때문에 고통 받고 있었다. 엄마의 눈 속에서 고통이 보였고, 목소리에서 고통이 들렸다. 엄마를 바라보자니 그제야 눈물이 흘러내렸다. 나를 향한 엄마의 눈길이 따스해졌다. 나에게 말을 건네는 엄마의 목소리가 부드러워졌다.

"집으로 어서 들어가자! 폴 에드워드."

나에게 문을 열어주며 엄마가 말했다.

"들어가서 등 좀 보여 다오."

****

크리스마스 아침 내내 잠에 곯아떨어졌고, 누나도 마찬가지였다. 엄마가 크리스마스 식사를 준비하는 소리와, 구운 햄과 통닭 냄새와 매 형이 엄마와 말동무를 하며 내는 따뜻한 웃음소리에 잠이 깼다. 끔찍할 정도로 등이 아프고 쑤셨지만 일어났다. 누나가 깨어나자 엄마는 음식 준비를 잠깐 미루었다. 우리는 모두 손을 잡고 크리스마스 감사 기도를 올렸다. 그리고 서로 준비한 선물을 나누었다. 엄마는 나에게 상자 속에 들어있던 아버지 시계를 주었다.

"아버지 말로는 반지를 주었다더구나. 반지를 받았으니 시계도 갖도록 해라."

엄마는 나에게 입을 맞추고 껴안은 다음, 아버지의 시계를 쥐고 있는 내 손을 꼭 잡았다. 나는 시계와 반지를 한쪽에 치워두었다.

크리스마스 때면 누나와 나는 주로 아버지의 집에서 보냈지만, 이번에는 아니었다. 그날은 누나와 매형과 나는 엄마의 집에 모여 있었다. 엄마는 아버지의 집에 가서 식사를 준비하고, 아버지와 백인 형제들과 웨이벌리 가족의 시중을 들었다. 엄마는 그건 일이라고 말했다. 누나가 함께 가서 돕겠다고 했지만, 엄마는 허락하지 않았다.

"내 일이다. 네가 할 일이 아니야. 너까지 네 아버지 집에서 일할 필요는 없다."

뒤늦게 엄마가 돌아오자 우리만의 크리스마스 만찬을 열었다. 누나와 매형과 엄마와 나. 이 사람들이 내 가족이라는 생각이 들었다.

조지 형과 하몬드 형이 굳이 나를 보러왔다. 다음 날, 웨이벌리 가족이 떠나자 형들이 엄마 집으로 왔다. 하몬드 형이 말했다.

"일이 뭐 이따위로 풀렸냐. 아! 얼굴을 들 수가 없네!"

조지 형이 거들었다.

"내 이럴 줄 알았다. 말해 봐, 폴. 머리를 잘 좀 굴려서 로버트만 때릴 것이지, 뭐하러 웨이벌리 아이들까지 때렸냐? 그러지만 않았어도 이렇게까지 심하게 매질을 안 당했을 텐데."

나는 조지 형을 보았다.

"형이라면 로버트만 때렸겠어?"

형이 대답했다.

"물론 아니지. 나라도 그 악당 놈들을 묵사발 냈겠지. 그래도 시끄러워지겠지만 문제가 다르지. 나도 백인이거든."

하몬드 형이 말했다.

"폴, 일이 이렇게 돼버려서 로버트가 정말로 미안해하더라."

"그렇다고 달라지는 건 없어."

나는 단박에 반박했다.

"그렇겠지. 하지만 웨이벌리 가족이 떠나자마자 아버지가 바로 로버트를 혼냈는데도 달라질 게 없냐?"

"아버지가?"

조지 형이 말했다.

"그럼, 아버지는 그 멍청이들에게 말을 태웠다고 매질을 했지."

하몬드 형이 끼어들었다.

"우리가 보기엔 그것 때문이 아니야. 중요한 건 바로 너 때문에 맞았다는 사실이지."

조지 형이 웃음을 터뜨렸다.

"아버지가 로버트의 등을 홀랑 벗겨놓았다는 사실이 너에겐 더 중요하겠지."

하몬드 형이 진지하게 말을 꺼냈다.

"폴, 아버지는 너와 캐시는 혈육이니까 잘 돌보라고 우리에게 늘 신

신당부했지. 로버트는 그러지 못했어. 로버트가 너뿐만 아니라 우리 모두를 무시한 거라고 생각해."

형들이 그렇게 위로했지만, 로버트가 매를 맞았다는 게 나에겐 어떠한 의미도 될 수 없었다. 여전히 아버지와 형들과 심지어 로버트도 사랑하지만 이제 나는 그들의 가족에 속하지 않게 되었다. 나는 유색인이라는 이유로 매를 맞았지만 로버트는 그래서 맞은 게 아니었다. 타인 앞에서 벌거벗은 채 맞지도 않았다. 나처럼 수치심으로 괴로워할 필요도 없었다. 로버트가 매를 맞은 건 나에겐 아무런 의미가 없었다. 내가 메이콘으로 돌아가기 전에 로버트가 나를 보러 왔다.

"일이 그렇게 되어서 미안해. 아버지가 그럴 줄 몰랐어. 너를 그렇게 때린 것 말이야."

내가 빤히 쳐다보자 로버트가 다시 한 번 말했다.

"미안해."

그렇게 말하고는 돌아서서 가버렸다. 로버트는 사과를 했다. 그렇다고 우리 둘 사이가 예전과 똑같아질 수는 없었다. 로버트는 마음 아파했지만, 나도 마찬가지였다. 로버트의 배신으로 나는 형제이자 가장 친한 친구를 잃어버렸다. 로버트는 나를 배신한 것에 대해서는 사과하지 않았다. 백인 아이 2명 때문에 자신의 형제인 나에게서 등을 돌렸다. 15살이었던 나는 그 이유 때문에 평생 로버트를 용서할 수 없었다.

텍사스 동부

내 나이 16살에서 17살로 넘어갈 즈음이었다. 엄마의 부고를 전하며, 조지 형이 나를 데리러 왔다. 엄마는 어떠한 지병도 갖고 있지 않았다. 마지막에 만났을 때만 해도 건강한 모습을 본 터라, 엄마의 죽음은 마른하늘에 날벼락 같았다. 나도 누나도 임종을 지키지 못했다.

봄이라 날씨가 따뜻해지고 있어서, 숨을 거두면 바로 매장해야만 했다. 조지 형과 집에 도착해보니, 향수로 엄마를 닦아놓고 침대에 뉘여 놓았다. 뜬 눈으로 그날 밤을 지새웠고, 다음 날 아침에 장례식이 열렸다.

엄마를 묻은 날, 몇 가지가 선명하게 떠오르는 기억이 있다. 우선, 안개비가 내려서 장례식과 딱 걸맞은 분위기가 났다. 누나가 아기를 안고 매형과 함께 자리를 했다. 로버트도 있었다. 물론 조지 형, 하몬드 형 그리고 아버지도 있었다. 엄마를 땅에 묻고 나자, 로버트가 자꾸 말을 붙였지만, 뭔 말인지 들리지 않았다. 외로움이 밀려들었다. 나에게 남겨진 진짜 가족은 캐시 누나 하나뿐인 것 같았다. 또 하나 분명하게 나는 기억은, 유색인 아이들이 여러 명 다가오더니 그중 하나가 시비를 건 일이다.

"야, 이제 특별대우는 종쳤네? 네 엄마가 죽었으니 아버지가 다른 유색인 여자를 데려오겠군."

그 말을 듣고 아이들이 낄낄댔다. 그놈이 그 말을 나에게 하고 다른 놈들이 웃었을 때 그 자리에 있던 미첼이 주먹을 날렸고, 빈정거리던 아이는 땅바닥에 나동그라졌다.

"주둥아리 조심해."

미첼의 말은 그게 끝이었다. 그놈은 일어나서 턱을 문질렀다. 다른 놈들에게서 웃음이 싹 사라졌고, 더는 엄마에 대해서 왈가왈부 하지 않았다.

그 뒤 조문객이 떠나고 나와 누나와 매형과 아기 에멀린만 엄마의 작은 집 식탁에 남았다. 우리는 많이 먹지 못했다. 나는 먹고 싶지 않았다. 사람들이 챙겨주는 음식 때문에 마음만은 훈훈했다.

매형이 커피를 마시고 나서 입을 열었다.

"폴, 네가 애틀랜타로 온다면 대환영이다. 여기에서 혼자 있을 필요가 없잖아."

나는 고개를 끄덕이며 에멀린을 바라보았다. 이제 돌이 지난 에멀린은 내가 손으로 붙잡자 팔짝팔짝 뛰었다. 누나는 몸을 수그리고 내 팔을 잡았다.

"매형은 진심으로 말하는 거야."

"나도 알아."

매형을 바라보았다.

"감사해요."

다시 에멀린에게 눈길을 돌렸다.

"쟤 모습에서 엄마가 보이니?"

누나가 물었다.

나는 고개를 끄덕였다.

"눈이……."

"눈, 머리카락, 코, 턱. 세상에! 쟤는 엄마랑 완전 판박이야. 엄마 이름을 따서 드보라라고 불렀으면 좋았을 텐데. 엄마는 외할머니 이름인 에멀린으로 부르길 원하셨지. 아무래도 쟤 이름에 드보라를 덧붙일까 봐. 볼 때마다 엄마가 떠오르지 뭐야."

누나가 식탁을 치웠다. 누나는 다시 임신한 상태였고, 여름에 출산할 예정이었다. 나는 벌떡 일어났다.

"잠깐만, 누나. 내가 도와줄게."

"어허, 앉아서 조카랑 좀 놀아주세요. 그동안 에멀린을 못 만났잖아. 시간이 날 때마다 에멀린이랑 놀아주렴."

누나가 부탁하지도 않았는데, 매형이 일어나더니 식탁 정리를 도와주었다. 매형은 제법 익숙하게 정리했고 귀찮아하는 기색도 아니었다. 에멀린과 놀아주는 동안 두 사람이 접시를 치우고, 함께 설거지를 하고, 그릇의 물기를 닦았다. 내가 바닥에 배를 깔고 누워 있으면 에멀린이 등 위로 기어올랐다. 말도 태워 주었고, 두 팔로 에멀린을 잡고 새처럼 공중에 빙빙 돌려주었다. 아이는 깔깔대고 웃었다. 그 날의 슬픔도 느끼지 못한 채, 나도 웃었다. 그러나 웃음은 에멀린을 바라 볼 때

뿐이었다.

마침내 에멀린이 잠이 들어 침대에 눕혀놓자, 매형은 자리를 비켜주려는지, 산책한다며 나갔다. 누나와 나만 남아 서로 위로해 주었다. 매형이 나가자마자 나는 입을 열었다.

"누나, 나는 죄송하다는 말을 못 했어. 엄마와 아버지에 대해 함부로 입을 놀려서 죄송하다는 말을 결국 못 한 거야. 누나도 기억나지?"

"기억나."

"죄송한데……지금도 죄송한데……엄마에게 결국 말 못 했어."

"엄마는 네 맘을 이해하실 거야. 꼭 말로 할 필요는 없어."

"누나 말이 맞았어. 엄마를 판단하는 것은 내 몫이 아니었어."

내가 울음을 터뜨리자 누나가 안아주었다. 누나는 늘 그랬듯이 엄마처럼 나를 다독였다. 나는 슬픔이 가라앉자 몸을 일으켰다. 누나가 내 말을 수긍했다.

"그래, 맞아. 다른 사람을 판단하기에는 넌 너무 어렸어. 엄마는 우리에게 아버지가 한 분이라고 자랑삼아 말하셨지. 아버지 한 분과 살았으므로 엄마는 정식 아내나 다름없다고 나에게 늘 말씀하셨어."

"아버지도 그렇게 생각하실까?"

"모르지. 아버지 머릿속을 볼 수는 없으니까."

"어쨌거나, 아버지가 인정하든 안 하든, 깨달은 게 하나 있어, 누나. 나는 딸을 낳으면 절대로 백인에게 시집보내지 않을 거야."

"전에도 그 말 했잖아."

"정말이야. 그렇게 되면 슬픔이 너무 클 것 같아."

"그건 그래."

누나가 한숨을 쉬더니 다른 이야기를 꺼냈다.

"엄마가 갖고 계시던 상자를 기억하지? 폴! 몇 년 전에 보여주셨잖아. 전에 여기 왔을 때……엄마가……예감이라도 했는지 나에게 상자를 애틀랜타로 가져가라고 하시더라. 네 물건도 그 안에 있어."

"누나가 보관해 줘. 당장은 쓸 일이 없거든."

"엄마도 안 계시니 언제쯤 올지 모르지만 다음에 가져올게. 아니면 네가 애틀랜타로 와서 가져가든지. 음, 매형이랑 이야기한 게 있어. 우리와 함께 지내자. 너는 내 가족이고 소중해."

"알아, 알아, 누나. 한동안 여기에 있을게."

그때 나는 캐시 누나에게 말하지 못했다. 왜 그런지 나도 몰랐기에. 그러나 아직은 아버지의 땅을 떠나고 싶지 않았다. 주로 메이콘에서 살고 있어도 나는 이곳을 여전히 고향이자 집이라고 여기고 있었다.

"걱정하지 마, 누나! 엄마가 나에게 남겨둔 건, 잘 간직해 둬."

잠시 뒤 누나를 남겨두고, 엄마에게 혼자서 작별인사를 나누려고 무덤으로 갔다. 그러나 거기에 아버지가 있었다. 모자를 벗어 손에 든 아버지에게서 흐느끼는 소리가 들리는 듯했다. 어쩌면 내 귀가 잘못 들었는지도 모른다. 어쨌든 아버지에게 들킬까 봐 뒷걸음질치며 자리를 떴다. 혼자서 엄마에게 작별인사를 하고 싶었다.

안개 속을 걷다가 아버지의 땅을 내려 볼 수 있는 비탈에서 멈췄다. 그루터기에 앉아 앞에 펼쳐진 계곡을 찬찬히 살폈다. 아버지의 집은 바로 아래쪽이었고 집 너머에 뜰과 화원이 있었으며 뒤뜰 너머는 텃밭이었다. 마구간과 목장은 집과 그다지 떨어져 있지 않았다. 아버지는 언제나 말을 곁에 두고 싶어 했다. 말과 소가 풀을 뜯어먹는 목장 너머에는 숲이 있었다. 목화밭은 잘 보이지 않았다. 목화밭은 소작인들이 살고 있는 오두막을 따라 길게 늘어서 있으며 숲 너머에 있어 눈에 들어오지 않았다. 엄마 집도 역시 보이지 않았다. 완연한 봄이라 풀들은 모두 초록으로 싱그러웠고 나무에는 꽃들이 만개했다. 눈이 닿는 곳마다 온통 아름다움으로 물들어 있었다.

서서히 땅거미가 졌고 아버지의 집에 등불이 켜지는 것을 볼 수 있었다. 시간은 점점 깊어졌으나, 나는 계속 안개 속에 앉아 있었다. 미첼이 내 앞에 나타나서야 나는 일어났다. 미첼이 고개를 까닥이기에 나도 따라 끄덕였다. 미첼은 아무 말 없이 조금 떨어진 나뭇등걸에 앉았다. 전에 말한 대로, 미첼은 집을 나갔고, 한참 지나서 돌아왔다. 내가 듣기로는 미첼의 엄마가 미첼의 동생 재스퍼를 보내어 데려오라고 시켰는데, 어찌된 영문인지 미첼은 순순히 따라왔다.

"어떻게 지내느냐?"

미첼이 침묵을 깨고 물었다. 나는 그저 그렇다고 어깨를 으쓱거렸다. 미첼은 더는 말을 하지 않았고, 우리는 말없이 함께 아버지의 땅을 내려다봤다. 잠시 뒤에 내가 입을 뗐다.

"언젠가 이런 곳을 갖고 싶어."

미첼이 내게로 얼굴을 돌렸다.

"'이런 곳'이라니 무슨 소리야? 여기에서 계속 지낼 거잖아."

"아니야, 나는 여기에 있지 않을 거야. 계속 아버지의 땅에서 살 생각은 없어. 언젠가는 내 땅을 가지겠어. 완전히 내 것인 것을 갖고 말겠어."

****

며칠 동안, 나는 누나네 식구와 함께 엄마 집에 머물렀다. 누나가 떠나자, 아버지는 나를 메이콘으로 돌려보냈다. 여름이 왔고 학교 수업이 없어, 아버지가 나를 다시 불렀다. 아버지는 자기랑 같이 말 박람회에서 말 몇 마리를 사러 동부 텍사스에 가자고 했다. 예전부터 아버지는 텍사스 태생의 말에 관한 책자를 섭렵하고 있었다. 아버지는 서부의 야생마인 애팔루사 종과 무스탕 종이 아주 **빠르다**는 것을 들어 알고 있었다. 뛰어난 기수였던 아버지는 그런 뛰어난 속력을 지닌 말들을 깨나 갖고 싶었던 모양이다.

하몬드 형과 조지 형은 각자 자신의 길을 가고 있었다. 하몬드 형은 애틀랜타의 법률 회사에서 근무했으며 조지 형은 서부 외곽에서 군복무를 하고 있었다. 여행에 따라갈 사람은 나와 로버트뿐이었다. 내가 갈 것은 분명했다. 나는 말을 잘 타는 데다 다룰 줄 알았기 때문이다. 아버지는 로버트도 데려가려고 했는데, 그 이유는 간단했다. 로버트는 자신의 아들인 것이다. 모두들 로버트는 말에 관해서는 젬병이라는 것을 알고 있었기에 누군가 따라다니며 도와주어야 했다. 윌리 아저씨도 가기로 했다. 내가 보기엔 일손이 한 명 더 필요했다. 그래서 아버지에게 미첼도 데려가자고 했다.

"이제는 말을 다루는 솜씨가 제법이에요. 미첼이 살갑게 대해주니 말들도 잘 따르고요."

아버지가 말했다.

"내가 기억하기로 고스트 윈드를 절름발이로 만들 **뻔**했던 게 바로 미첼인데."

"오래전 일이에요. 미첼은 그 이후로 말에 대해 많이 배웠어요."
아버지는 잠시 생각에 잠겼다.
"그 아이가 지금 몇 살이냐?"
"이제 막 18살이 됐어요."
"18살이라고? 근데 아직 말을 못 타지? 타?"
"에드워드 님이 타지 말라고 하셨지요."
아버지는 고개를 끄덕이며 골똘히 생각하는 눈치였다.
"알았다, 폴. 미첼을 좀 지켜본 다음에 결정하자."
비록 미첼이 몇 년 동안 친구로 지냈지만, 그렇다고 미첼을 내 단짝이라고 생각지는 않았다. 미첼은 그저 동료 같은 존재였다. 로버트와 사이가 틀어진 순간, 나는 진정한 친구란 없다고 여기고 있었다. 그러나 내가 보기에 미첼에게는 마음을 터놓고 이야기할 사람이 필요했다. 그리고 엄마를 땅에 묻던 날, 미첼은 나에게도 그런 사람이 필요하다고 생각했던 것 같았다. 아버지에게 장담했듯이 미첼은 말을 잘 다루었다. 미첼은 말을 제대로 못 탈 뿐이지 다루는 것에는 능숙했으므로 믿고 맡길 만했다. 미첼을 데려가자는 의견이 결코 무모한 것은 아니었다. 혹시라도 여행길에 아버지의 성질을 돋운다면 그건 바로 미첼의 성격 탓일 게다. 아버지가 지켜본다고 미첼에게 귀띔해주었다. 미첼이 의아한 표정을 지었다.

"어째서?"
"동부 텍사스에 너도 가고 싶지?"
미첼은 여느 때처럼 어깨를 으쓱 올렸다.
"별로 관심 없어."

"관심이 없다면, 일을 엉망진창으로 하면 되고. 그런데 가고 싶은 마음이 생기면 지금처럼 말을 잘 돌보고, 특히 네 아버지 앞에서는 성질을 부리지 마."

미첼은 아무 대꾸도 하지 않았다. 그저 힐끗 눈길을 주고 가버렸지만 마음이 움직인 게 분명했다.

다음 며칠 동안 미첼은 일을 정말 대단히 잘 했다. 내가 다 자랑스러울 지경이었다. 미첼은 말을 정성껏 보살폈으며 한번도 성질을 부리지 않았다. 자기 아버지가 욕지거리를 퍼붓거나 채찍으로 때리겠다고 위협을 해도 미첼은 묵묵히 참았으며, 그런 모습은 아버지 눈에도 띄었다. 아버지는 모든 걸 다 지켜보았고, 마침내 말을 기차에 싣기 위해 출발하던 날, 미첼도 나오라고 했다.

****

동부 텍사스에 도착해보니 남부 주와 인근 도시에서 온 사람들로 말 박람회는 넘쳐났다. 그저 말을 좋아하는 사람들도 왔고, 곧 열릴 경마대회에 관심을 둔 사람도 왔다. 첫날 짐을 풀고, 아버지는 괜찮은 말이 있나 둘러보고 우리가 데려온 말도 선을 보이기로 했다. 바로 그날 미주리 주에서 온 사람이 경마 시합을 제안하자, 아버지가 응낙했다. 그 사람이 아버지에게 물었다.

"그쪽에는 누가 기수로 나섭니까?"

아버지가 나를 보았다.

"여기 이 애, 폴이요."

그 남자는 나를 훑어보았다.

"조금 어려 보입니다."

아버지는 대수롭지 않다는 듯 고개를 끄덕였다.

"그렇게 보일 겁니다. 그래도 말을 잘 탑니다."

"어쨌든……그쪽 마음이니까요."

"맞습니다."

아버지가 동의했다. 두 사람은 악수를 나눴고 우리는 즉시 시합을 준비했다. 아버지와 미주리 사람이 적합한 경주로를 찾아내자, 윌리 아저씨와 미첼은 스타버스트라는 이름의 암말을 들판으로 데려왔다. 상대방도 종마를 끌고 왔다. 박람회 근방에 있는 사람들은 경주가 곧 열린다는 소식을 듣고 모여들었다. 내가 말에 올라탈 즈음에는 상당히 많은 사람들이 구경하려고 우르르 모인 게 보였다. 아버지는 언제나처럼 말과 혼연일체가 되도록 노력하라고 당부했다.

"명심해라, 폴. 그렇게만 하면 스타버스트는 알아서 잘 할 거다. 너는 사뿐히 말 위에 내려앉은 깃털이야."

나는 상대편 기수를 살펴보았다. 그 사람은 나보다 나이가 있었고, 몸무게는 얼추 어른과 비슷해 보였다. 그 기수는 나를 보더니 씩 웃어 보였는데, 좋은 느낌이 아니었다. 조롱하는 느낌이었다. 미첼이 격려했다.

"신경 쓰지 마. 별거 아니야."

나는 고개를 끄덕였고 마음속에 스타버스트와 나만 두고 다 비워 버렸다.

위치가 정해지고 규칙이 설명되었다. 그리고 총성이 울렸다. 경주가 시작되었다. 나는 말과 하나가 되었다. 스타버스트는 전속력으로 결승선을 통과했다. 잠시 뒤에 미주리 사람은 아버지에게 축하 인사를 건

네며 내깃돈을 지불했다. 사람들이 몰려와 스타버스트를 아주 좋은 말이라며 칭찬했고, 나에게는 훌륭한 기수라고 했다.

앨라배마에서 온 레이 서클리프는 아버지에게 나를 치켜세우더니, 나를 자신의 말 기수로 쓸 수 있는지 물었다.

"데리고 계신 아이는 몸무게는 가벼운 데도 어른처럼 말을 잘 다루는군요. 저에게도 좋은 기수가 있습니다만 최근에 병이 나서 다른 기수가 필요합니다. 댁의 아이를 제가 써도 될까요?"

아버지는 고개를 저었다.

"폴은 자신이 아는 말만 탑니다."

레이 서클리프가 간청을 했다.

"제가 말씀드린 말은 거칠거나 그러지 않습니다. 앨라배마에서 데리고 온 말들은 제가 기른 말들이고, 새로운 품종의 서부 말이라 난폭하지 않습니다. 사실, 근사한 종마인 그레이 말로 경주를 할까 하는데 제대로 된 기수만 있다면 확실히 승산이 있습니다. 저 아이에게도 돈을 주지요. 내기에서 이기기만 한다면 댁에게도 지불하겠습니다."

아버지가 웃음을 지었다.

"경마 내기에서 승리를 안겨줄 사람은 아마 여기에 있는 폴일 겁니다. 하지만 저는 분명히 죄송하다고 말씀드렸습니다. 이 아이나 말을 다치게 하고 싶지 않습니다. 말씀드린 대로 우리 아이는 우리 말만 탑니다. 그래도 그렇게 제안해 주시니 큰 영광입니다."

서클리프가 자리를 뜨자, 아버지에게 내 생각을 밝혔다.

"왜 제 의견은 묻지도 않아요?"

"안 돼."

"왜 안 물으셨죠? 저는 타고 싶을 수도 있잖아요."

아버지가 말했다.

"네가 탈 수 있는 말인지 아닌지는 내가 더 잘 안다. 여기에 모인 말을 보면, 반은 훈련도 못 받은 데다, 어떤 놈들은 겁이 많고, 개중에는 별 볼일 없는 녀석도 있어. 나도 저 사람의 말을 보았는데, 아까 이야기한 그레이 말은 시간을 갖고 훈련시킨다면 탈 수 있겠다만, 지금은 너무 위험해. 다른 사람들은 우리처럼 말훈련을 잘 시키지 못해. 아무 말이나 타다가는 큰 봉변을 당할 수 있어. 굴러 떨어지거나 말에게 밟힐 텐데, 어느 쪽이든 크게 다치게 돼. 우리가 데려온 말 이외에는 절대로 타지 마."

"저에게도 말이나 말의 주인을 선택할 권리는 있어요. 저는 에드워드 님의 노예도 아니지 않습니까!"

순간 아버지의 숨소리가 멈췄다. 내가 마지막 말만 하지 않았더라도, 아버지는 나를 붙들고 설득시켰겠지만, 그 순간 아버지는 마음의 문을 닫아버렸다.

"그 문제는 달라질 게 없다. 어쨌든 나는 네 아버지고, 너는 내 아들이야. 한번 안 된다고 했으면 그걸로 끝이다."

내 안에서 젊은 치기가 부글부글 끓어올랐다.

"앨라배마에서 온 사람에게 제가 아들이라는 사실도 밝히지 않고, 저를 가리켜 '아이'라고만 하셨죠! 결국 아무 사이도 아니라는 뜻이잖아요! 그러니 그 종마를 타겠습니다."

바로 그 순간 아버지의 얼굴에 떠오른 표정을 지금도 잊지 못한다. 아버지가 분노를 참지 못하고 바로 후려 칠 줄 알았다. 하지만 손은 나둔 채 경고만 했다.

"이번 한 번만 말한다, 폴. 타지 말라고 했는데도 그 종마든 뭐든 탄다면, 나와 같이 사는 한, 피가 날 정도로 얻어맞을 줄 알아라. 피가 날 정도라는 말을 알아듣겠니? 잔인하게 들리겠지만 사나운 말을 타다가 죽거나 평생 불구로 사는 것 보다는 매를 맞는 게 훨씬 덜 고통스러울 거다. 그런 꼴은 못 본다. 알겠니? 내 말은 이게 끝이니 잘 새겨두어라."

그렇게 말하고 아버지는 가버렸다. 나는 아버지의 뒷모습을 지켜보았다. 아버지의 말뜻이야 알겠지만, 나는 마음에 담아두지 않았다.

****

사흘 뒤에 미첼과 나는 아버지가 빌려둔 마구간에서 말을 솔질하고 있었다. 미첼이 말했다.

"며칠 전, 너더러 기수가 돼 달라던 앨라배마 사람이 네 이야기를 묻더라. 저번에 마구간에 왔었어."

나는 글겅이질을 멈추고, 말들 건너에 있는 미첼을 바라보았다.

"그랬어? 그 사람이 뭐래?"

미첼은 솔질을 계속했다.

"네가 에드워드 님에게 매인 몸인지 알고 싶다더라."

"뭐라고 그랬냐?"

"잘 모른다고 말했어. 알고 싶으면 직접 물어보라고 했지."

"아버지는 내 마음대로 그레이 말이나 다른 말을 타는 꼴은 죽어도 못 보시겠대."

"아마 이유가 있으시겠지?"

"내가 다칠까 봐 그렇대. 내 멋대로 말을 타면 피가 터지도록 때리실 거란다."

미첼이 콧소리를 내며 불퉁거렸다.

"정 그러면 타지 말아야지. 어쨌든 앨라배마 사람이 이야기하러 와도 너무 놀라지 마라."

나는 놀라지 않았다. 다음 날 아침, 미첼과 내가 마구간에서 악대말(편집자 주 : 불알을 깐 말)을 돌보는데 앨라배마 사람이 왔다. 아버지는 근처에 없었다. 그 잊지 못할 날의 아침에, 아버지는 윌리 아저씨와 함께 말을 살피러 근교로 나갔으며, 밤늦게 돌아 올 예정이었다. 서클리프는 바로 본론으로 들어갔다.

"내 말을 타주면 좋겠다. 애야."

나는 서클리프를 놀란 척 바라봤다.

서클리프는 계속 설명했다.

"지금 말을 탈 사람이 없다. 우리 기수는 복통이 도졌는지 몹시 아픈데, 경마 시합은 오늘 정오지 뭐냐. 네가 일해 드리고 있는 분에게 말씀드리려고 했더니, 나가고 안 계시는구나. 정중하게 부탁하려 했는데 말이다. 지금 기수가 필요한데, 너야말로 최고의 솜씨지 않느냐. 로건 씨 입장에서는 네가 다른 사람의 말을 타는 게 싫은 모양이다. 딱 잘라서 거절했지. 그런데 로건 씨에게 매인 몸이 아니고, 다른 말을 타볼 생각이 있다면, 한번 해보지 그래?"

서클리프는 대답을 기다리며 날카롭게 나를 바라보았다. 나도 한마디 했다.

동부 텍사스

"그분은 상관없어요."

미첼이 나를 쳐다보다가 하던 일을 계속했다. 서클리프의 얼굴이 밝아졌다.

"오늘 내 말을 타 준다면 그만큼 보상해주겠다."

나는 미첼을 바라보며 잠시 뜸을 들였다.

"서클리프 씨, 어떻게 보상해 주실 건가요?"

내가 직접 물어보자, 서클리프는 꽤 놀란 모양이었다. '보상을 해주겠다.'라는 제안만으로도 내가 넙죽 받아들이리라 짐작했던 모양이다.

"우리 기수에게 주던 금액만큼 너에게 주마."

"서클리프 씨, 여기 기수들이 어느 정도 받는지 알고 있습니다만, 그 정도 금액 때문에 제 일을 그만둘 수는 없습니다. 제 주인은 자신의 말만 타야 한다고 지시했으니, 어기게 되면 저는 정말 곤란해집니다. 제안은 감사합니다만, 기수가 받는 금액 때문에 실직의 위험을 무릅쓸 수는 없지요."

내가 그렇게 말하자 서클리프는 조바심을 냈다. 전혀 예상치 못한 모양이었다.

"그런 걱정은 안 해도 돼. 내가 직접 로건 씨에게 상황을 설명하겠다. 그분도 이해하실 거다."

"주인님이 이해를 하시더라도, 저는 곤란해질 겁니다. 도저히 못 하겠습니다."

바로 그 순간 나는 서클리프의 눈에서 처음으로 진심을 읽었다. 그 사람은 절망적이었다. 이기리라 예상하고 다소 과한 금액을 내기에 걸었을지 모른다. 물론 내가 알 수는 없었다. 확실한 것은 서클리프가 애

타게 나를 원하고 있으며, 그 말을 타게 되면 나에게 상당한 액수를 지불한다는 사실이었다.

"보상한다고 했으니 반드시 책임지마."

목소리에 초조한 기색이 역력했다.

"그 말은 정말 대단한 말이야. 너는 걸출한 말을 타보게 되는 거야. 내기 돈으로 꽤 큰 금액을 걸었다. 그 말이 좋은 말이 아니라면 내가 왜 큰돈을 걸었겠니? 이렇게 하자. 네가 받는 금액의 2배를 주마."

미첼을 슬쩍 보니 악대말을 말 없이 글겅이질하고 있었다. 미첼은 나와 눈빛을 교환했는데, 서클리프를 상대하는 나에게 응원을 보냈다. 나는 다시 말했다.

"2배 정도로는 제가 에드워드 로건 씨에게서 벗어나는 데 도움이 안 됩니다. 그분은 한번 내뱉은 말은 그대로 지킵니다. 그분의 지시를 어기면 저는 조지아로 돌아가지 못합니다. 다른 사람의 말을 타야 할 테고, 저 혼자 힘으로 살아가야겠죠. 혼자 살아가려면 기수 임금의 2배 이상은 필요합니다."

서클리프는 얼굴을 찡그렸다.

"원하는 게 어느 정도냐?"

나는 어물쩍대며 즉답을 피했다.

"무엇보다 그 말을 제대로 탈는지 모르겠습니다. 한번도 본 적이 없지 않습니까?"

"그럼, 이렇게 해주마. 네가 그레이를 타고 이기만 주면 우승금액에서 2퍼센트를 떼어주마. 내가 기수에게 주던 금액의 2배보다 훨씬 많은 돈이야."

보아하니 우승금액을 알려줄 것 같지는 않고 그저 임의대로 2퍼센트를 지급하겠다는 심산이었는데, 그렇다고 내깃돈이 얼마인지 물어볼 수도 없었다.

"제가 과연 할 수 있을지 모르겠습니다."

"너 정도면 충분히 이길 거야. 말을 타는 모습으로 봐서 너는 아이가 아니야!"

나는 고개를 저으며 그 제안을 받아들이지 못해 아쉽다는 표정을 지었다.

"아닙니다. 저는 못 하겠습니다."

레이 서클리프는 좌절한 듯했다.

"이봐, 그러면 네가 원하는 게 뭐야?"

"저기……"

나는 아직도 그 문제를 고민하는 척하며 입을 뗐다.

"기수 임금의 4배가 좋겠네요. 그 정도면 타볼 생각이 있긴 한데, 우선은 그 말과 제가 잘 맞아야겠지요."

서클리프는 깜짝 놀랐다.

"기수 임금의 4배라니! 나에게 그렇게 달라는 건가?"

나는 최선을 다했다는 듯 어깨를 들썩했다.

"일자리를 잃게 되면 다시 구할 때까지 그걸로 먹고 살아야 하니까요. 그 이하로는 일을 할 수 없습니다."

서클리프의 표정이 밝지 않았다.

"좋아, 좋아. 원하는 대로 4배를 주기로 하지. 그러나 이겨야만 주는 거야. 알겠어? 지면 땡전 한 푼도 없어."

나는 아버지와 무일푼으로 결별할지 모르는 위험을 안고 큰일을 벌였다. 위험을 무릅쓰면서 서클리프와 거래를 맺은 데에는 다 이유가 있었다. 나는 아버지에게 낯선 말조차도 능숙하게 타는 모습을 보여주고 싶고 또, 나도 이제 어른이라는 사실을 증명하고 싶었다.

"좋습니다. 그리고 우승하면 그 자리에서 돈을 받고 싶습니다."

"그러마. 우선 말을 타봐야지. 그레이가 있는 마구간으로 지금 가자. 시간이 없구나."

"먼저 이 말부터 솔질을 끝내고요."

서클리프의 얼굴이 분노로 벌겋게 달아올랐다.

"뭐라고? 야, 시합이 우선이지."

"서클리프 씨. 죄송합니다만 로건 씨에게 이 말들을 솔질해 놓겠다고 말씀드렸거든요. 그분은 입 밖으로 꺼낸 말은 꼭 지키라고 예전부터 가르쳤습니다."

"그렇다면…… 저 아이더러 솔질해달라고 부탁해 봐."

"그 말을 보러 갈 때, 미첼도 옆에 있어야 합니다. 그리고 아까 말했듯이 로건 씨 일을 먼저 끝내야 합니다."

서클리프는 얼굴을 찡그리면서도 내 의견을 수용할 수밖에 없었다.

"그럼 어서 서둘러! 그레이는 바로 옆 마구간에 있다. 시합은 정오에 있으니 거기에서 미리 말을 타보고 준비하도록 해."

"그러겠습니다."

서클리프가 쏜살처럼 나가는 순간, 마구간 출구에 서 있는 로버트가 내 눈에 띄었다. 서클리프와 마주치자 로버트가 알은 체했다.

"서클리프 씨 아니신가요?"

서클리프는 로버트를 알아보았다.

"자네는 에드워드 로건 씨의 아들이군. 기억이 나네. 어제 자네 아버지 곁에 있는 걸 봤네."

서클리프는 로버트에게 악수를 청했다. 나에게는 악수의 손을 내밀지 않았다. 로버트는 악수를 하며 말했다.

"예, 그렇습니다. 서클리프 씨, 얼핏 듣자니 폴에게 기수를 부탁하신 것 같은데요?"

"사실이네. 우리 집 기수가 몸 상태가 좋지 않은데, 곧 경마가 시작될 참이라 곤란한 지경이라네."

로버트의 눈길이 서클리프에게서 나에게로 옮겨왔다.

"아버님은 그런 제안에 선뜻 응하지 않으실 걸요. 아버님은 폴에게 낯선 말을 타지 말라고 했다고 하시던데요. 폴이 그런 말 안 하던가요?"

"사실, 저 아이가 그런 이야기를 하더군. 물론 자네 부친의 생각을 존중하네. 오늘 아침 찾아뵙고 이 문제를 잘 좀 의논할까 했더니, 마침 안 계시지 뭔가. 게다가 곤란하게도 나는 자네 아버님이 돌아올 때까지 기다릴 시간이 없네. 당장 기수가 필요하거든. 사실 자네 아버지를 잘 알고 지내는 사이라고는 말할 수 없네마는, 말을 기르는 사람으로 이런 상황 정도는 이해해줄 걸세. 자네 집 기수 이야기로는 자기가 여기에 매인 몸이 아니라, 드나드는 건 자기 마음이라고 했네. 맞나?"

로버트는 나와 서클리프를 차례로 보았다.

"아버님은 그렇게 생각 안 하실걸요."

"그건 쟤와 자네 부친, 두 사람이 해결할 테지. 저 아이는 나와 합의가 끝나서, 우리 그레이를 타기로 했네. 이제 양해를 구해야겠네. 가서 처리할 일들이 있어서 말이야."

서클리프가 부랴부랴 마구간을 떠나자 로버트가 뒤에 대고 소리를 질렀다.

"폴은 댁의 말을 탈 수 없어요!"

"탈 거네!"

서클리프는 걸음을 늦추거나 뒤도 돌아보지 않으며 단호하게 말했다.

"탈 거야!"

서클리프가 가 버리자 로버트가 마구간으로 걸어왔다. 그 모습을 보고 있으려니, 내 일에 쓸데없이 끼어든다는 생각이 들어 화가 났다. 로버트가 가까이 와서 말했다.

"폴, 도대체 어쩌겠다는 거야?"

나는 차갑게 내뱉었다.

"내가 어쩌려는지 들었잖아."

나는 등을 돌려 악대말을 솔질했다.

"무슨 소리인지 몰라?"

"나야말로 묻고 싶다."

"뭐?"

나는 로버트에게 다시 얼굴을 돌렸다.

"너는 뭘 하겠다는 거냐?"

로버트는 멍한 표정을 지었다.

"네가 뭔데 내 일에 끼어들어?"

"아버지가 그 그레이 말을 타지 말라고 했잖아."

"내가 알아서 해."

동부 텍사스   159

로버트는 고개를 설레설레 저었다.

"그 말 타지 마, 폴. 나는 그레이 말을 봤어. 그 녀석이 너를 바닥에 패대기칠 거다."

"아무렴 어때. 내가 알아서 한다고."

"그렇게는 못 할걸."

"네가 어떻게 못 하게 할 건데?"

로버트는 나를 똑바로 쳐다보았다.

"아버지에게 다 말할 거야."

나도 똑바로 쳐다보았다.

"그럴 줄 알았다."

로버트에게서 미안해하는 기색을 찾아볼 수 없었다.

"진짜야, 정말이라고, 폴. 아버지를 찾아서, 너를 말려야 한다고 말씀드리겠어."

나는 돌아섰다. 로버트가 팔을 잡았다. 나는 똑바로 서서 노려보았다.

"네가 지난번에 했던 일도 잊지 않고 있어."

그게 로버트에게 마지막으로 해준 말이었다. 내 눈이 모든 것을 이야기하고 있었다. 로버트는 얼굴이 붉어지며 내 팔을 놓았고, 나는 돌아서서 말에게 글겅이질을 했다. 미첼은 한마디도 하지 못하고 나를 쳐다보았다. 로버트는 돌아서서 마구간을 떠났다.

****

미첼과 나는 일을 마쳤지만 그레이 말에게로 곧장 가지 않았다. 말을 보기 전에 몇 가지 알아둬야 할 것 같아서, 병들어 누워 있다는 기수를 만나러 갔다. 에디 호크라는 기수는 기수복장 차림으로, 더럽기 짝이 없는 건초더미에 누워 있었다. 그 건초더미는 다른 유색인 기수들도 침대 삼아 함께 사용하는 것이었다. 에디 호크는 몸이 아주 좋지 않아 보였는데, 처음에는 나와 이야기를 하는 것을 꺼려하더니, 마침내 입을 열었다.

"바보처럼 저 말을 타보겠다는 거야?"

에디 호크가 누운 채로 물었다.

"그러려고요."

"내 일자리를 뺏어가려고?"

"딱 이번만 탈 겁니다. 그쪽이 못 탄다니까 대신 타는 거예요. 오늘 뒤로 이 일에 끼어들지 않을 겁니다."

"그러면 뭐 하러 왔어?"

"그 그레이 말을 어떻게 타야 할지 알고 싶어서요."

"방금 자신 있게 말하더니."

"굳이 말하자면 그레이 말을 어떻게 타야 우승할지 알고 싶군요."

에디 호크는 가쁜 숨을 몰아쉬었다.

"그걸 말했다가, 내 일자리가 날아가면 어떡하라고."

"말했다시피, 정말로 안 그럴 거예요. 저를 믿어주세요."

에디 호크는 도와줄지 말지 그리고 믿을지 말지, 따져보려는 듯 눈을 감았다. 고민하기에 내가 말을 이었다.

"사실은 그쪽 주인이 저를 찾아왔어요. 보아하니, 이 시합을 꼭 이겨야 하나 봅니다. 그러니 우승할 방법을 알려주면, 그쪽이 회복되었을 때 다시 일하기 쉬울 텐데요."

에디 호크가 슬며시 눈을 떴다.

"몇 살이냐?"

"16살이요."

에디 호크는 툴툴거렸다.

"참나, 네가 말을 안단 말이야? 어?"

"조금요."

"그래도 저렇게 능구렁이 같은 녀석은 한번도 못 봤을 거다. 저놈은 고집이 장난이 아니야."

"어떻게요?"

"암튼 제 고집대로 한단 말이야. 출발을 하면 저 말은 앞설 생각은 않고 다른 말들 뒤꽁무니만 쫓아가는 거야. 그때는 그냥 뒤에서 처져 있어. 다른 말들이 앞서라고 하고 말이야. 뒤에 처져 있으면 놈은 그걸 못 참아 갑자기 폭발해버려! 하나씩 따라잡는 거지. 그레이는 앞서 가던 말을 추월할 때까지는 심장이 튀어나올 정도로 내달려. 그런데 한 번이라도 선두로 나서면, 그다음에는 다른 말들이 앞서든 말든 아무 상관을 안 하는 게, 그만하면 됐다 싶나 봐. 말들을 추월해서 제 실력을 확인했으니 더는 개의치 않겠다는 거지. 네가 고삐를 당겨야할 때 확실히 당겨주다가 때맞춰 놓아주기만 하면 승산은 있어."

에디 호크에게 도와줘서 고맙다고 인사를 했다. 미첼과 나는 그레이를 보러 갔다. 생김새가 무시무시했다.

"정말로 이 괴물을 탈 거냐?"

종마를 가까이에서 살펴보던 미첼이 물었다.

"그럴 생각이야. 나는 돈이 필요해."

"그러다가 목이 부러질 수도 있어."

"딱 우리 아버지처럼 말하는군."

미첼의 얼굴에 웃음기가 살짝 감돌았다.

"그런 건 아니야. 다만 이 괴물이 위험해 보여서 그래, 폴."

"다시 생각해볼 정도로 위험해 보이냐?"

"그거야 네 맘이지. 어차피 네가 탈 거잖아."

나는 그레이 말에게 다가가서 눈을 들여다보았다.

"나는 탈 거야."

그 자리에서 그렇게 마음먹었다.

"목이 부러지든지 아니면 돈을 4배로 받겠지."

"네 아버지의 매질도 잊지 마라."

나는 미첼을 보았다.

"이 시합에서 이기면, 돈을 받아 혼자서 살아갈 거야. 아버지는 다시는 날 때리지 못해."

서클리프가 왔다.

"어이, 이제 그레이를 타는 거냐?"

"지금 이 녀석을 살펴보는 중인데요. 아직은 말을 탈 수 없습니다."

"세상에! 무슨 소리야? 어서 말에 올라타."

"아니요, 안 됩니다. 우선 저 말과 함께 있을 시간이 필요합니다."

"이런, 그럴 시간이 없다고."

"중요한 일입니다. 저는 이 말을 타겠다고 약속했습니다. 서클리프 씨! 하지만 저도 나름대로 방식이 있습니다. 우승하고 싶다면, 이 말을 제 방식대로 다루게 해주십시오."

나를 위아래로 훑어보는 서클리프의 표정을 보아하니, 탐탁지 않아 하는 것 같았다. 그래도 서클리프는 나에게 시간을 주었다.

"꼭 이길 자신이 있나 보군. 시작할 때까지 2시간도 안 남았어."

서클리프가 나와 그레이만 남겨두고 자리를 떠났다. 나는 그레이의 목에서 올가미를 벗긴 다음에, 안장과 굴레와 솔을 들고 가까운 풀밭의 그늘로 데려갔다. 소란스러운 마구간도, 이리저리 몰려다니는 사람들과도, 심지어는 미첼과도 떨어질 필요가 있었다. 나에게는 종마와 단둘이 있을 장소가 필요했다. 우리 둘만 있게 되자 조용히 말을 붙였다.

"이번 경주가 너에게는 별것 아닐지 몰라. 하지만 나에게는 중요해. 그래서 우리가 서로 빨리 알았으면 좋겠어. 나는 폴 로건이야. 조지아에서 왔지. 그동안 훌륭한 말들을 여럿 타 보았단다. 너보다 부족한 말도 타봤고, 더 뛰어난 말도 타봤어. 우리는 아직 모르는 사이지만, 기수인 에디 호크에게서 너의 순수한 마음에 대해 들었다. 너야 네 마음대로 이기고 싶겠지. 그야 좋긴 한데, 내가 네 등에 올라타서 조금만 도와주려고 해. 나는 우리 아버지와 로버트가 틀렸다는 사실을 보여주고 싶거든. 잘 아는 사이는 아니라도 너를 타려고 마음을 먹었고, 반드시 우승할 생각이야."

한동안 그렇게 설명하고 나서, 그 뒤에는 쓰다듬으며 이야기를 건넸다. 호주머니에서 말린 사과조각을 꺼내 먹이면서도 계속 말을 붙였다. 이어서 솔로 빗어주었다. 솔을 내려놓고 말의 이마에 내 머리를 기댄 채로 속삭였다.

"이제 너를 올라타려고 해, 알았지? 함께 잘 해보자."

처음에는 그냥 천천히 걷게 하면서 나를 익숙하게 느끼도록 했다.

그러고는 안장을 올린 다음에 굴레를 씌워놓고 올라탔다. 말이 내 몸무게를 익히도록 풀밭 둘레로 서서히 몰았다. 시간이 얼마 남지 않았기에, 시험 삼아 달려 보았다. 우선 빠른 걸음으로 시작해서 전속력으로 질주를 시켜보고 이내 속도를 늦추어 시원한 나무 그늘로 몰고 갔다. 말린 사과도 더 주었다. 근처 개울에서 목을 축이게 하고 다시 솔질을 해주었다. 그러는 동안에도 이야기를 멈추지 않았다.

"어이, 고참. 준비가 다 됐는지 모르겠지만, 서클리프가 저쪽에서 팔을 흔들며 오라고 하니 이제 가봐야겠어. 한 가지만 기억해 줘. 아까 말했듯이 나는 이 시합에서 이겨야 해."

나는 그레이를 서클리프가 서 있는 출발지점으로 몰았다.

함께 보낸 이 몇 분만으로 내가 그레이를 진정으로 알게 되었거나 그레이가 나를 알게 되었다고는 할 수 없지만, 나에게는 그 시간이 전부였다. 시간이 충분치 않았다는 조급증이 들자 고집 센 말과 제대로 시합이나 할 수 있을까 싶어 초조해졌다. 하지만 나로서는 최선을 다했고, 짧은 시간이었지만 나름대로 준비를 마쳤다. 아버지가 틀렸다는 것과 내가 어른이 되었다는 사실을 입증할 시간이었다. 경주에서 우승하기를 바라는 마음만큼이나 로버트가 아버지를 찾지 못하기를 간절히 빌었다. 아버지가 그 자리에 나타나면 모든 게 물거품이 되고 말테니까.

****

경주로는 동쪽에 위치한 철도역에서 출발하여 시골길을 따라 서쪽의 마차 역까지 갔다가 출발점으로 되돌아오는 길이었다. 나는 그 지역을 잘 알았다. 여기 도착한 첫 날, 이곳에서 아버지의 말을 타고 경주했으며 그 뒤로도 여러 차례 아버지의 말을 훈련시키느라 달린 길이었다. 경주의 시작과 끝은 철길이었다. 기차 2대가 철로에 서 있었고, 플랫폼에는 짐들이 산더미처럼 쌓여 있었다. 많은 사람들이 길을 따라 죽 늘어서 있었다. 말 6마리가 경주에 참여했다. 진즉부터 그레이에 올라타고 있던 나는 철로로 다가섰다. 그리고 기다렸다.

총성이 울리자 나와 그레이는 느긋하게 출발했다. 다른 말 3마리가 우리 앞으로 나섰다. 에디 호크의 이야기가 정확하다면 시작은 잘한 셈이었다. 그레이는 출발은 제멋대로 하더니 막상 경주로에 접어들자 쏜살처럼 내달렸으므로 나는 얼른 고삐를 당겼다. 에디 호크에 따르면 그레이는 도전을 즐기는 말이라서 지나치게 빨리 선두에 서면 안 된다고 했다. 그러자니 힘들었다. 내가 타던 경주마들은 하나같이 우승할 욕심을 숨기지 않았고, 처음부터 선두를 유지했다. 순종 말들은 출발부터 내달리므로 총소리가 들리는 순간부터 전속력으로 몰기만 하면 되었다. 그 말들은 길을 일탈하지 않도록 하면 그만이었다. 하지만 나는 에디 호크가 했던 말을 따르기로 했다. 그레이에 대해서는 나보다 아는 게 많을 터였다.

경주를 할 때마다 나는 몇몇 장소를 마음속에 표시해 두고 속도를 조정하곤 했다. 이 경주의 첫 번째 지점은 길가에 자리 잡은 낡은 오두막이었다. 그곳에서 뒤따르던 말이 우리를 추월하려 하자 그레이가 용납하지 않으려는 태도를 보여 나는 내심 놀랐다. 나는 그레이가 우리를 추월하는 말에 뒤쳐지지 않으려고 내 손아귀의 말고삐를 끌어당기는 힘을 느꼈다. 에디 호크의 주의에도 무시하고, 지금 달려야 하나 잠시 고민이 되었다. 그레이가 승부욕에 불타는 걸로 보니, 더 뒤쳐지다가 오히려 낭패를 볼지 모른다는 생각도 들었다. 하지만 두 번째 지점인 길가의 아름드리 떡갈나무에서 그레이가 세 번째 말을 따라잡으려 하자, 나는 고삐를 세게 잡아당기며 속도를 늦췄다. 그레이는 못마땅하게 여겼지만, 나는 고삐를 놓지 않았다. 아직은 달릴 때가 아니었다.

세 번째 지점은 길이 갈리는 곳으로 한쪽은 마차 역으로 이르는 길이고 다른 한쪽은 모르는 길이었다. 나는 그 곡선로를 타고 마차 역을 돌며 다시 철도로 향했다. 바로 그때 그레이의 고삐를 조금 느슨하게 풀었다. 그레이는 그 순간을 기다렸나보다. 우리 바로 앞에서 달리던 말을 가볍게 제쳤다. 다음 말을 쫓아가기까지는 생각보다 오래 걸렸지만 그레이는 흙길을 힘차게 달렸고 나는 옆구리를 지그시 눌렀다. 바로 앞에 구불구불한 길이 나타났는데 이런 곡선주로에서는 추월하기가 적당하지 않았다. 하지만 그레이는 곡선이든 아니든 추월할 셈이었으므로, 말 2마리가 앞서거니 뒤서거니 곡선주로를 돌아갔다. 순간 나는 거의 떨어질 뻔했다. 다시 몸의 중심을 잡고 보니 그레이는 어느새 2등으로 달리고 있었다.

철도역으로 향하는 마지막 주로는 가파른 언덕길과 완만한 경사로 내리막길이었다. 그 언덕길은 어느 말이라도 벅찬 곳이지만 여기야말로 그레이 안에 숨겨진 힘이 최대한 발휘되었다. 마지막 주로에서, 나와 그레이에게 보이는 것이라고는 앞서가는 기수와 말의 엉덩이뿐이었다. 그 너머로는 보이는 게 없었다. 하지만 나와 그레이는 그 너머에 결승선이 기다린다는 사실을 알았다. 내가 고삐를 좀 더 풀자, 그레이는 마음껏 달렸다. 그 뒤로는 그레이가 알아서 했다. 언덕을 오르더니, 가장 선두에 있던 종마를 앞지르고 발바닥에 불이라도 붙은 듯 내리막

길을 지나 결승선을 통과했다.

****

함성이 들렸다. 우승이었다. 그레이와 내가 결승선을 지나자, 미첼이 나를 끌어내려 축하의 뜻으로 꽉 안아주었다. 불가능해 보이던 일을 해냈다는 사실에 나도 그만 얼이 나가버렸다. 그레이는 내가 목을 와락 끌어안자 가만히 서 있었다. 하지만 사람들이 바로 끌어내는 바람에 나는 그레이와 말 한마디도 나누지 못했다. 사람들이 몰려들어 그레이를 칭찬하며 서클리프에게 축하인사를 건넸다. 서클리프는 손에 엽궐련을 들고 얼굴에는 환한 웃음을 지으며 큰 소리로 우승을 떠벌렸지만 나에 대해서는 일언반구도 없었다. 아무도 나에게 말을 걸지 않았다. 나는 철저히 무시당한 채 철도 옆에 우두커니 서 있었다.

"무슨 이야기가 나올 것 같은데."

그 자리를 떠나려는데 미첼이 한마디 했다.

"무슨 말이야?"

"저기 봐. 네 몫은 언제 받아?"

자세히 살펴보았다. 서클리프 옆에 있던 사람들이 돈을 건네는 중이었다. 그 주변에 백인들뿐이니, 서클리프 혼자 있을 때 돈을 받는 수밖에 없었다. 나는 끝까지 기다릴 참이었다. 하지만 우리 아버지나 윌리 아저씨가 나타날까 봐 망을 보던 미첼은 안절부절못했다. 한 시간 넘게 서클리프는 승리만 만끽하고 있었다. 미첼이 말했다.

"이 짓을 더는 못 하겠다. 얼른 돈 받고 뜨자."

그쪽에 몰려 있는 백인들을 슬쩍 보았다. 백인 아버지와 형제 밑에서 성장하였으니, 백인들이 유쾌한 분위기에 젖어있을 때, 함부로 끼어들지 말라는 것쯤은 배웠다. 지금은 때가 아니었다.

"빨리."

미첼이 재촉했다.

"안 돼."

"그럼 어쩔 건데, 폴? 하루 종일 기다릴래? 네 아버지가 와서 매질할 때까지 마냥?"

아버지 이야기를 듣자 초조해져 주변을 둘러보기는 했으나 어쩔 수 없었다.

"기다려야지."

"나는 못 해. 저 사람이 시합이 끝나면 준댔지, 텍사스의 동부 허풍쟁이들과 나불대고 나서 준댔어? 곧장 준다고 했잖아."

말을 끝내자마자 미첼은 서클리프 쪽으로 걸어갔다. 미첼의 팔을 잡아채며 한마디 했다.

"내 돈이야."

미첼이 나를 뚫어져라 쳐다보았다. 나는 미첼의 팔을 놓고 아직 모여 있는 백인들을 보았다. 지금 받으러 가지 않으면 미첼이 대신 갈 판이었다.

"아까 말했다시피 내 돈이야. 내가 받아 올게."

그 말에 미첼은 고개를 끄덕이며 나를 보내주었다. 한참 흥에 겨운 백인들에게 다가갔다. 분명히 지금은 서클리프 같은 백인과 마주할 시간이나 장소가 아니었지만, 미첼보다는 내가 나서는 편이 나았다. 처음에는 백인들 옆에 떨어져서, 말을 하지 않은 채 기다렸다. 서클리프가 승리를 다 뽐내고 나를 봐 주기만을 기다렸다. 하지만 그런 일은 일어나지 않았다. 혹시 아버지가 오셨나 두리번거리면서도 한편으로는 미첼의 눈치를 살폈다. 보아하니 못 참겠다는 표정이었다. 나를 도우려는 셈인지 미첼이 백인들 쪽으로 걸어오기에 나는 급하게 서클리프를 부르며 대화를 가로막았다.

"서클리프 씨. 죄송합니다만 드릴 말씀이 있습니다. 지금 떠나려고 하니 지불해 주셨으면 합니다."

서클리프는 이리저리 둘러보다 나를 발견했는데, 마치 처음 봤다는 표정이었다. 서클리프는 엽궐련을 입에 물고 있었다. 엽궐련을 손가락에 들고 파리라도 쫓는 양 휘저었다.

"야, 지금 바빠. 나중에 줄게."

그러고는 등을 돌렸다. 그런 태도를 보고 있자니 분노가 치밀었다. 지금 이렇게 거만을 떨고 있지만, 몇 시간 전만 해도 간청하던 사람이었다. 얼마나 매달렸던가! 말을 한번만 타달라고 제대로 설득도 못하지 않았던가!

"저는 지금 돈이 필요합니다."

서클리프가 천천히 몸을 돌려 나를 마주 보고 회색 눈으로 쏘아보는 순간, 나는 문제가 발생했다는 것을 알았다.

"지금 뭐라고 했어?"

나는 막무가내로 밀어붙이고 싶지 않았다. 그러나 아버지와 채찍질이 떠올랐고 돈을 못 받으면 미첼이 나설 것 같았다. 게다가 나야말로 이 우승의 주역으로, 서클리프는 내가 아니었더라면 한 푼도 건지지 못했을 터이다.

"시합이 끝나자마자 돈을 주겠다고 약속하셨습니다. 떠나려면 돈이 필요해서 그럽니다."

"깜둥이! 가만히 있지 못해. 그리고 내가 뭐라고 했다고? 지금 경고하겠는데, 조지아에서는 어쩔지 모르겠다만, 앨라배마와 동부 텍사스에서 깜둥이들은 혀를 함부로 놀리지 않아. 일을 시끄럽게 만들지 않으려면 혀부터 조심해. 돈을 줄 때가 되면 어련히 안 주겠나!"

그러고는 일행에게 다시 돌아섰지만, 나는 물고 늘어졌다.

"그러면 언제 주십니까?"

서클리프는 엽궐련이 들려 있는 손가락을 바로 내 코앞에 들이댔다.

"오늘 밤이 될 수도 있고, 다음 주가 될 수도 있고, 안 줄 수도 있어. 잘난 깜둥이야! 이제 꺼져!"

돌아서면서 '흰 깜둥이들'이 어쩐다며 중얼거리더니 축하모임을 이어 나갔다. 나는 울컥했지만 일을 크게 만들고 싶지 않아 자리를 떴다. 내게로 걸어오던 미첼과 마주쳤다.

"받았냐?"

"아니. 나중에 준대."

미첼에게 시시콜콜 밝히고 싶지 않았다.

"나중에? 나중에 언제?"

"준비되는 대로 준대."

"에이씨! 그러다 아예 안 준단 말이야!"

미첼 말이 백번 옳았다. 나도 동감이었다.

"그럴지도 모르지. 지금은 아버지 때문에 더 걱정이야. 시간이 늦었잖아."

"넌 우리 아버지들 걱정이나 해라. 네 돈은 내가 걱정해주마. 내가 대신 받아올게."

"어떻게 받아? 문제를 일으키지 마."

"문제가 아니라, 저 사람이 아까 했던 약속을 지키는 것뿐이야. 그건 네 돈인 데다가, 저 사람은 네 덕분에 돈을 왕창 벌었잖아."

"미첼, 그냥 놔 둬."

미첼은 투덜거리며 기둥에 기대는가 싶더니 갑자기 몸을 똑바로 일으켰다.

"에이! 빌어먹을!"

"뭐?"

"저기."

돌아보니 아버지가 윌리 아저씨, 로버트와 함께 마구간에서 나와 오솔길로 들어서고 있었다. 더는 꾸물거릴 수 없었다.

"여기서 빠져 나가자!"

미첼은 꼼짝도 않았다.

"분명하게 말하는데 우리 아버지는 절대로 나를 못 때려. 무슨 일이 벌어질지 못 박아 뒀거든."

지금은 그런 말을 들을 때가 아니었다. 미첼의 팔을 끌었다.

"가자고!"

즉시 나는 그 자리를 벗어났고 미첼이 뒤를 따랐다. 우리는 허겁지겁 철도 쪽으로 달렸으며 기차가 서 있는 플랫폼으로 올라와서 목화솜 포대 뒤로 숨었다. 미첼이 물었다.

"우리 이제 어쩐다?"

"모르겠어. 하지만 한 가지는 확실해. 이제는 맞고 살지 않을 거야."
우리는 아버지들이 있는지 목화솜 포대 사이로 살펴보았지만, 보이지 않았다. 그래서 숨을 고르며 앉아 있었다. 미첼이 물었다.
"맞기 싫어서 집에 가지 않겠다면 뭐 할 거냐?"
가만히 생각해보았다.
"서부로 갈지도 몰라. 조지 형을 찾아보던지. 거기에는 주인 없는 땅이 많대."
미첼이 코웃음을 쳤다.
"어차피 백인 거야."
"그럴지도 모르지만, 피부색이야 어떻든 한번 해보는 거야. 거기는 워낙 땅이 넓으니 조금쯤이야 얻겠지. 책에서 봤는데, 1년 내내 눈으로 덮여 있는 산이 있는가 하면, 물고기가 차가운 개울물에 가득하고 사냥감도 사방에 널렸대. 땅을 좀 얻어서 아버지처럼 말이나 소 같은 가축을 많이 기를 생각이야."
"휴, 꿈도 야무지셔."
미첼이 놀렸지만 굳이 대꾸하지 않았다. 어쨌든 내 꿈이지, 미첼의 꿈은 아니었다. '저 좋을 대로 생각 하라지, 뭐.' 하고 생각했다. 이번에는 내가 물었다.
"그러면, 너는? 너는 뭐 할래?"
"아무 데나 갈 거야. 여기나 저기나 다 마찬가지야. 나를 때리지만 않으면 상관없어."
철도 길을 바라보며 내가 말했다.
"음, 우리가 저 서부 행 기차를 타고 떠나면 되겠다."

"그냥 뛰어 오르게?"

"그래야겠지. 돈이 없잖아."

"돈이야 있지. 그게 서클리프 호주머니에 들어 있을 뿐이야."

"그러려면 거기에서 기다려야 해. 괜히 돌아갔다가 아버지에게 들키기 싫어."

미첼은 아무 말도 하지 않았다. 날카롭게 내리쬐는 햇볕을 막으려는지 자기 모자를 푹 눌러썼다. 미첼의 눈이 보이지 않았다. 몇 분 뒤에 미첼이 벌떡 일어섰다.

"폴. 저 기차가 몇 시에 떠나는지 알아볼래? 나도 금방 돌아올게."

나는 일어섰다.

"어디 가냐?"

"금방 올게."

미첼은 그 말만 되풀이하더니 내 질문에는 대답도 없이 가버렸다. 나는 부르지도 않았다. 미첼은 미첼이니까. 게다가 다시 물어도 대답을 하지 않을 것 같았다.

목화솜 포대 뒤에서 나와, 기차표를 팔고 있는 플랫폼으로 갔다. 몇 시간 후에 출발 예정인 기차가 2대 서 있었는데, 한 대는 서부 행이고 다른 한 대는 동부 행이었다. 어느 쪽 기차가 서부 행인지 확인한 뒤에, 철로를 따라 걸으며, 우리가 올라타기 쉽고 서부까지 숨어 갈 만한 객차를 골라보았다. 그러면서도 미첼이 걱정되었다. 혹시라도 서클리프와 담판을 지으러 갔을까 봐 두려웠다. 제발 그렇지 않기만을 기도했다.

꽤 오랫동안 객차를 살폈지만, 아무도 나를 수상쩍게 여기지 않았다. 말쑥하게 차려입은 내 모습을 보고, 기차에 넋이 나간 부잣집 백인 소년으로 착각들 하는 모양이었다. 이마까지 모자를 깊이 눌러 쓴 데다 고맙게도 머리카락이 귀와 앞이마를 덮는 바람에 얼굴도 웬만큼 가려졌다.

기찻길을 계속 걸어가다가, 미첼을 찾으려고 목화솜 포대로 돌아섰다. 사람들이 플랫폼에 모여 있었는데, 대부분이 여행자 같았다. 그들 가운데는 경주를 하면서, 두 번 모두 마주친 사람도 있었다. 큰 키의 은발 부인이 3명의 숙녀들과 서 있었는데, 그 부인이 나를 보고 미소를 지어 보내더니, 옆 사람에게 무슨 말을 하며 손가락으로 나를 가리켰다. 얼른 다른 길을 통해 포대로 가려는데, 부인이 불렀다.

"조금 전, 우승한 말에 타고 있던 아이지?"

부인이 알아보니, 당혹스러웠지만 대답을 하지 않을 수 없었다.

"예, 부인."

"그러고 보니 며칠 전 경주에서 이긴 사람도 바로 너구나. 세상에, 네가 그 기수지? 그렇지?"

부인이 내 대답을 기다렸다.

"말들이 훌륭했습니다."

부인은 동감을 표시했다.

"정말 그렇더군. 나도 마구간을 가지고 있어서 좋은 경주마는 척 보면 알지. 그뿐만 아니라 좋은 기수도 한눈에 알아볼 수 있는데, 네가 그렇더구나."

고개를 숙여 감사를 표시하고, 시선을 돌리고 발걸음을 떼려던 참이었다. 부인이 이야기를 이어갔다.

"말을 탈 때마다 다른 신사와 함께 있더구나. 기수 일을 맡은 거지?"
부인은 대답할 틈을 주지 않았다.
"그렇다면, 우리 집의 말을 부탁하고 싶구나. 여기 내 딸 셋과 나는 이 기차를 타고 집으로 돌아가는 길이야. 이번에 말을 몇 마리 새로 구입해서 집으로 데려가는데, 네가 기수를 맡아주면 좋겠다. 나는 시합에 자주 나가는 편이 아니라서, 말을 훈련시키고 보살피는 등 잡다한 일까지 해야 될 거야. 생각 있니?"
생각이야 있었지만 머릿속에는 다른 일로 꽉 차 있었다. 미첼이 보였다. 헐레벌떡 뛰어오면서, 연방 뒤쪽을 흘끔거렸다. 혹시 가던 길에 우리 아버지나 자신의 아버지를 만난 게 아닌지 걱정되었다. 미첼 뒤에 오는 사람들이 있나 급히 훑어봤으나 다른 사람은 보이지 않았다.
"없습니다, 부인."
은발 부인에게 불쑥 대답해놓고 뒤로 물러섰다.
"어쨌든 정말 감사합니다."
재빨리 돌아서서 미첼에게 다가갔다. 미첼은 길로 오지 않고 풀로 뒤덮인 둔덕을 넘어 내게로 왔다. 미첼의 얼굴을 보자마자 나는 성마르게 물었다.
"뭐야? 아버지라도 만났어?"
숨을 헐떡거리며 미첼이 대답했다.
"더 골치 아픈 일이야. 기차는 언제 떠나?"
"금방."
"그럼 올라타자."
철로에 있는 화물차량을 보니 아직도 짐을 싣는 중이었다. 지금 올라타면 눈에 띌 게 뻔했다.

"기차가 출발할 때까지 숨는 게 좋겠어."

"숨는 건 안 돼. 여기서 빨리 빠져 나가야 해."

"하지만……."

"야, 서클리프에게서 돈을 가져왔어."

바지 안으로 쑤셔 넣은 셔츠 쪽을 손으로 두들겼다.

"딱 네 몫만 가져왔어. 서클리프는 어찌나 교활하던지 돈을 갚을 생각이 없더군."

"어이구! 맙소사. 미첼, 설마……."

"서클리프가 혼자 남을 때까지 기다리다가 달려들었어. 그 멍청한 자식을 넘어뜨렸지."

"세상에, 미첼……."

미첼은 길 쪽으로 돌아보았다.

"지금은 이야기할 시간이 없어, 폴. 사람들이 오고 있어!"

미첼의 시선을 따라가 보니 한 무리의 백인들이 철도로 몰려오고 있었다. 그 뒤를 따라 아버지와 미첼의 아버지, 로버트가 보였다. 나는 흥분하여 주위를 살폈다. 숨을 곳이 없었다. 목화솜 포대는 대부분 없어졌고, 짐이 잔뜩 쌓여 있던 플랫폼은 순식간에 텅 비어버렸다. 철도를 건너서 무작정 달려볼까 생각도 했지만 그 너머에는 평평한 대초원이 펼쳐져 있어, 숨기도 전에 발각될 것 같았다. 기차 밑으로 기어 들어간다고 해도 철도 쪽으로 다가오는 사람들에게 들킬 게 뻔했다. 마지막으로 떠오른 생각도 역시 무모하긴 마찬가지였으나 어쨌든 한번 시도해보기로 결심했다.

"따라와."

미첼에게 말하고 플랫폼에 모인 사람들 쪽으로 향했다. 곧장 은발 부인에게 다가갔다.

"부인, 아까 제안이 아직 유효한가요?"

부인은 갑자기 나타난 나를 놀란 눈으로 보았다.

"그럼, 마음이 바뀌었나?"

나는 고개를 끄덕였다.

"부인의 일을 맡을 수 있을까요?"

"음……그래도 되지만……."

"그러면 저하고 여기 이 친구가 함께 가겠습니다."

부인의 시선이 나에게서 미첼로 옮겨가는 순간, 부인의 머리에 떠오를 생각이 염려스러웠다. 사실 미첼은 항상 초라해 보이지만, 지금은 더는 초라해 보이지 않을 지경이었다. 어쨌든 부인에게 확실한 믿음을 주어야 했다. 내가 나서서 설명을 했다.

"쟤는 말을 잘 다뤄요. 저희는 함께 다닙니다."

부인은 미첼을 유심히 보더니 천천히 고개를 끄덕였다.

"그렇다면 알았어. 둘 다 데려가도록 하지."

미첼이 나를 팔꿈치로 슬쩍 찔렀다. 몰려온 백인들은 철도 주변에 흩어져 화물 차량을 조사하고 있었다.

"지금 기차에 타고 싶은데요."

내가 부인에게 말했다.

"왜?"

부인의 눈이 미첼과 나를 주시하는가 싶더니 얼굴을 찡그렸다.

"너희들 문제를 일으켰니?"

나는 미첼을 바라보며 심호흡을 한번 하고 나서, 나의 남은 인생을 걸고 도박을 벌이기로 했다. 즉, 이 은발 부인에게 모든 걸 맡겼다. 부인에게 서클리프라는 사람이 우리 돈을 주지 않고 뺏어 왔으며, 사람들이 우리를 찾고 있다고 밝혔다. 부인이 차 안을 뒤지는 사람들을 보고는 우리 둘을 단호한 눈빛으로 쳐다보았다.

"너희들이 그 사람을 다치게 했느냐? 솔직히 말해 보거라."

미첼을 흘끗 보았다. 미첼은 무표정하게 대답을 했다.

"그 사람의 자존심과 엉덩이 빼고는 없습니다. 그냥 넘어뜨렸습니다."

부인은 목소리를 높였으나 주변의 관심을 끌 정도는 아니었다.

"백인을 쳤단 말이야?"

미첼의 침묵이 대답을 대신했다.

"그렇다면 이야기가 달라지는데."

부인이 한숨을 깊이 내쉬었지만, 마음을 바꾸지 않았다.

"너희 둘은 저 가방을 들고 우리를 따라와. 그런 식으로 빚을 떼먹는 인간을 좋아하지 않아. 내 말대로만 하면 아무도 너희를 수상하게 여기지 않을 거야."

부인이 우리에게 신호를 보냈다. 나와 미첼은 모자를 눌러쓴 채로 부인과 딸들의 가방을 들고 기차에 올라탔다. 막 객차로 들어서는데 은발의 부인이 살짝 몸을 돌려 속삭였다.

"안에서는 내가 시키는 대로만 하고 둘 다 아무 소리도 내지 마."

부인은 대답도 듣지 않은 채, 앞장서서 나갔다. 우리로서는 뾰족한 수가 없었다. 이제는 돌아서면 끝장이었다. 뒤따라오는 미첼을 슬쩍 보니, 나와 같은 생각인 듯했다.

첫 번째 객차에서는 사람들과 얼굴을 마주치고 싶지 않아서 눈을 내리깔고 걸었다. 두 번째 객차로 들어섰을 때, 창문 밖으로 역 구내를 보았다. 바로 그때 아버지가 눈에 들어오자, 나도 모르게 발걸음이 멈췄다. 아버지는 로버트, 윌리 아저씨와 함께 플랫폼에 서서 서클리프와 다른 두 사람에게 이야기하고 있었다. 서클리프는 붉으락푸르락 잔뜩 화가 난 표정이었고 몸짓도 요란했다. 아버지는 얼굴색이 변하지도 않았고, 움직임도 그다지 없었지만, 화가 난 것 같았다. 아버지가 서 있는 자세를 보면 금방 알 수 있었다. 내가 끝까지 반항하고 나선 데다, 나와 미첼을 찾느라 사람들이 기차역을 뒤지는 소동까지 벌어졌기에 아버지는 그렇게 뻣뻣해져 있었다. 아버지를 보자, 들고 있던 가방을 던지고 당장 달려가고 싶었다. 아버지는 지금이야 화가 머리끝까지 났겠지만, 결국은 힘닿는 데까지 나를 지켜줄 것이다. 틀림없이 매를 들겠지만, 그렇더라도 미지의 세계로 떠나는 상황보다 낫지 않겠는가. 하지만 미첼이 머릿속에 떠올랐고 뒤이어 우리의 곤란한 처지가 발걸음을 잡았다. 미첼은 백인을 때렸으며 돈을 뺏었다. 간단히 해결될 문제가 아니었다. 미첼의 목이 매달릴지도 모른다.

아버지를 바라보는 동안, 이 모든 생각이 전광석화처럼 지나갔다. 미첼이 뒤에서 손가락으로 찌르다 못해 팔꿈치로 밀치기에, 나는 그냥 앞으로 나갔다. 아버지가 플랫폼에 서 있던 장면을 마음속 깊이 담은 채, 계속 걸어갔다. 마침내 부인과 딸들이 머물게 될 객차에 도착하였다. 은발의 부인은 마주 보는 좌석 사이에 가방을 내려놓으라고 손짓을 했다. 지시대로 하자 부인이 우리에게 기대어 속삭였다.

"이 가방을 좌석 아래쪽으로 집어넣는 시늉만 하고 그대로 밖에 놔두도록 해. 내가 신호를 보내면, 둘이서 각자 좌석 아래로 들어가는 거야. 그러고는 너희들 앞으로 그 가방을 끌어다 놓으면 돼."

부인과 딸들은 모자상자와 외투를 꺼내어 머리 위 선반에 올려놓았다. 객차 안에는 사람들이 많지 않았으며 다들 짐을 정리하느라 분주했다. 아무도 나와 미첼에게 신경을 쓰지 않았다. 모두들 자신의 일에만 정신이 쏠려 있었다. 사람들이 부디 미첼과 나에 대해서 신경을 쓰지 않기를 바랄 뿐이었다. 은발의 부인도 그런 심정이었을 터이다. 부인과 딸들이 소지품을 위로 올리려고 하자, 한 남자가 멈춰 서서 도와주겠다고 제안했다. 여자들은 호의를 받아들였다. 딸 1명이 뒷걸음질로 좌석 사이로 들어와서 나와 미첼을 슬며시 가렸고, 부인과 다른 딸들은 복도에 있었다. 남자는 상자와 외투를 정리해주고, 더 도와줄 게 없는지 물었다. 여자들은 정중히 감사의 말을 전하며 이제 알아서 하겠노라고 사양했다. 남자는 모자를 살짝 만져 예의를 갖추고 앞 객차로 걸어갔다. 혹시 나와 미첼을 보았더라도 아무 관심도 없을 사람이었다.

여자들은 긴 여행 내내 어차피 앉아 가야 하므로 지금은 그러기 싫다는 태도로 아주 자연스럽게 계속 서 있었다. 다들 지갑에서 부채를 꺼내어 살랑살랑 흔들었다. 몇 분 뒤에 노부인이 객차 주위를 문득 둘러보더니, 통로에 있는 딸을 향해 미소를 보이고는 미첼과 나를 내려다보았다. 부인이 말했다.

"지금 숨어."

그 말이 떨어지기 무섭게 나와 미첼은 각자 나무 좌석 아래로 재빨리 들어갔다. 여자들이 계속 서서 수다를 나누는 동안, 나와 미첼은 좌석 아래에서 불편한 자세를 이리저리 바꾸었다. 맞은편으로 시선을 주다가 미첼과 눈길이 마주쳤다. 아무 소리도 하지 않았다.

몇 분 뒤, 여자들이 자리에 앉아서 짐을 정리했다. 그리고 자신들의 넓디넓은 치마폭으로 우리를 가려주었다. 나는 어둠 속에 갇혔다. 맞은편 좌석 아래로 들어간 미첼도 보이지 않았고, 한마디 건넬 수도 없었다. 낯선 세상 속으로 들어간 듯 덥고 숨 막혔다. 상황은 더 비관적으로 치닫고 있었다. 사람들이 미첼과 나를 찾아 객실 안으로 올라탔으며, 거기에는 서클리프가 있었다.

그리고 아버지도 있었다.

아버지의 목소리가 들리자 아버지에게 소리라도 지르고 싶었다. 차장이라고 신분을 밝힌 사람이, 우리를 숨긴 숙녀 4명에게 다가와서, 유색인 아이와 백인처럼 보이는 아이를 찾고 있노라고 설명했다. 차장은 공손하게 그런 아이들을 본 적이 있는지 물었다. 노부인은 정중한 태도로 못 보았노라고 대답했다. 차장이 감사의 말을 전했고, 아버지를 포함한 다른 사람들이 자리를 떴다. 사람들이 떠나는 순간 나는 울었다. 소리 없이 눈물만 흘렸다. 행여 들릴까 봐, 소리를 삼켰지만 그래도 울음이 터져 나왔다. 내 인생의 한 부분이 지나가고 있다는 것을 알았다. 다시는 돌아오지 못할 내 인생의 한 부분! 바로 아버지가 지나가버렸다.

잠시 뒤에 기차가 움직이기 시작했다. 바싹 얼어붙은 나는 누운 채로, 기차가 급정거를 하고 숙녀들이 미첼과 나를 배신해, 둘 다 갑자기 끌려 나가, 나무에 매달려 매를 맞고 죽어가는 모습을 떠올렸다. 만약의 사태를 기다렸지만, 부인과 딸들은 끝까지 약속을 지켰다. 한 명이 자리를 뜨면 다른 사람이 자신의 치마를 다시 펼쳐서 나와 미첼을 안전하게 가려주었다. 아무도 우리가 거기에 있는 것을 몰랐다.

그렇게 미첼과 나는 동부 텍사스를 떠났다. 기차의 좌석 밑에서, 백인 여자 4명의 치마폭에 몸을 숨긴 채로. 길고 답답하고 불편한 여행이었지만 우리는 참고 견뎠다. 그래야만 했다. 하지만, 우리가 원하던 기차가 아니었다. 미첼과 나는 우리들의 꿈이었던 대평원과 서부산맥으로 향하지 않고, 남쪽 주인 딥 사우스(편집자 주 : 미국 남쪽에 있는 주로 조지아, 앨라배마, 미시시피, 루이지애나 주로 특히 인종차별이 심한 주다)로 돌아가고 있었다.

2권으로 계속

세계적인 명작은 동·서양 어디에서나
남녀노소 누구에게나 가치를 인정 받습니다.

책가방문고 8

천둥아, 내 외침을 들어라

밀드레드 테일러 글 / 이루리 옮김 / 296쪽 / 값 12,000원

- 2004년 겨울, 책/따/세(책으로 따뜻한 세상을 만드는 교사모임)가 청소년에게 권하는 책
- 2004 교보문고 선정 올해의책
- "강백향의 책읽어주는 선생님"의 이번 달에 추천하는 책으로 선정
- 2005 아침독서 추천도서 ● 2005 어린이도서연구회의 권장도서(중학생)

★ 1977년 뉴베리 수상작 ★ 미국교사가 선정한 100대 추천도서
★ 미국도서관협회 우수도서 ★ 북리스트가 선정한 1970~1982년 베스트 오브 베스트 북
★ 커커스 선정 ★ 혼 북 팡파르 상 수상 ★ 1970~1980년 뉴욕타임스가 선정한 청소년책
★ 북서 태평양 청소년 상 수상

부조리에 맞서는 것은 인간으로서의 마땅한 행동이라는 이야기

어른들은 아이들에게 세상은 누구에게나 공평하니 억울해 하지 말고, 열심히 일하면 성공할 수 있으니 게으름을 피우지 말라고 했습니다. 그리고 당장은 지는 것 같아도 결국은 착한 사람이 이기니, 착한 사람이 되라고 가르쳤습니다.

그러나 이 책의 작가 밀드레드 테일러는 그렇게 말하지 않습니다.

"세상은 불공평하고 열심히 일한다고 해서 성공하는 것은 아니며, 착한 편이 항상 이기는 것은 아니다."